少年文人小剧场

施林侗 著

中国书籍出版社

图书在版编目（CIP）数据

少年文人小剧场 / 施林佟著. —北京：中国书籍出版社，2024.1
ISBN 978-7-5068-9773-0

Ⅰ.①少… Ⅱ.①施… Ⅲ.①古典诗歌—中国—青少年读物 Ⅳ.①I222

中国国家版本馆CIP数据核字（2023）第242959号

少年文人小剧场

施林佟　著

责任编辑	王　淼
责任印制	孙马飞　马　芝
封面设计	中尚图
出版发行	中国书籍出版社
地　　址	北京市丰台区三路居路97号（邮编：100073）
电　　话	（010）52257143（总编室）（010）52257140（发行部）
电子邮箱	eo@chinabp.com.cn
经　　销	全国新华书店
印　　刷	炫彩（天津）印刷有限责任公司
开　　本	710毫米×1000毫米　1/16
字　　数	160千字
印　　张	16
版　　次	2024年1月第1版
印　　次	2024年1月第1次印刷
书　　号	ISBN 978-7-5068-9773-0
定　　价	78.00元

版权所有　翻印必究

自序

你将历经一场奇幻的穿越写作旅程

来自施老师的碎碎念

我们无法经历他人的人生,但我们可以在写作中体验文人的足迹

三年前某天语文课下课后,有位同学拦住我的去路说:"施老师,学习古诗词究竟有什么用呢?能不能推荐一本书快速教我把死记硬背完的诗词内容写进作文中?"

"诗词""死记硬背""快速"这三个尖锐的词眼儿自此在我的脑海回旋不绝——学生学习梦寐以求的莫过于最高效率和最佳结果。于是,写一本能让读者真正意识到诗词并不意味着死记硬背的书,一本能够唤起孩子心目中对诗词热爱的书,一本能够让他们读后就能将所学诗歌写进作文的书,成为近三年来我心中最美好的理想。

现在,它终于面世了。

我想告诉大家——作为活跃于一线的教师,我始终坚信文学的力量。在我本人的文字创作中,古典诗词一直是绝佳的灵感源泉。每当我思考如何用文字表达思想情感时，诗词就像一条清澈的小溪，带我穿越时空，感受历史的厚重，体验人生的起伏。所以"诗词"——这个承载着中国千年历史文化的精神符号，在我心中有着无可比拟的地位。

我会永远记得，那些豪放婉约的情谊、缠绵悱恻的词句、诗意盎然的意象，曾在我的童年岁月激起无数的浪花。而今，它也将在你们心中卷起千堆雪。希望通过这本书，让你们能够感受到我所经历过的那些神奇惊艳的体验。

我也深信，古诗词并非陈旧的残骸，它们具有永恒的生命力，始终在当今的文字世界中散发着独特的光芒。这就是我编写这本书的初衷，希望借助古诗词的力量，不仅提升同学们的写作文采，也教会你们赋予现代作文更丰富的情感和更深厚的内涵。

这是一名文学专业学者，同时也是一名语文老师的倾心原创之作

写作过程艰辛又充满乐趣，我不断试图将古典韵律与现代语言相结合，希望创造出一种新的写作风格，目的是为同学们提供一种既充满诗词古韵，又不失现代感的写作工具。我结合校内常考的写作主题，根据自己的教学经验，对中国古典诗词进行深入的研究和解析。起先整理了四十余位文人的详尽生平，最终选定教学大纲高频考查的十位

文人，品味文人每首诗词背后的历史故事和他们的情感世界，希望从中找到一种方法，能将古诗词的精华融入现代文的写作中。最终，我决定带领同学们通过熟悉单个文人的生平经历，将其人生故事作为写作素材，再结合技法呈现出一整篇优美的文章。

　　本书旨在探索诗词与作文的融合，通过将诗词融入作文的写作过程，提升文字的表达力和艺术性。书中，我们将一起探索如何学习将诗词写入不同作文主题的写作技法，以及如何运用诗词的意境、韵律和表达方式，让作文显得更加生动、优美、深入人心。

诗词给予作文灵感，让文章有内容，让语言更生动

　　本书的编写初衷是为了帮助同学们更好地理解古典诗词的韵味和意义，并将其应用于现代文的写作中；另一个目标是将它们与现代生活联系起来，比如书中会设置模拟教学的环节，引导同学们如何运用文人的故事，通过诗词的意境和韵律让作文显得更加优美动人。我们将深入探讨不同主题的作文，如爱国精神、人文关怀、克服困难、实现梦想等。

　　不仅如此，我们将通过丰富的实例和细致的讲解，帮助读者理解诗词与作文的奥妙，通过分享经典的诗词精析范例，让同学们感受到诗词的魅力和力量。同时，我们也将提供大量实用的写作技巧，帮助同学们在作文中巧妙运用诗词的元素。

愿你们的文字如诗如词，永远流转动人，留下深深的印记

我希望本书够给读者带来一种全新的阅读体验。它不仅是一本可以提高写作技巧的工具书，更是一本可以让同学们深入理解中国古代文化的读物。

我相信，通过阅读本书，同学们不仅可以提升自己的文学修养和审美能力，还可以启发创新思维。我期待这本书能够激发大家的创作热情，帮助同学们创作出更多独特而富有深度的作品。

诗词的美妙之处在于它们能够用简洁而富有表现力的语言，表达出复杂的思想和情感。写作文时，同学们可以借助诗词的力量，让文字更加生动有趣。比如，在描写自然景观时，同学们可以运用诗词中的意象和修辞手法，让读者仿佛置身于美丽的山水之间。

除了提升作文的表达力和艺术性，诗词还可以帮助同学们更好地理解文学作品。通过学习诗词的意境和韵律，大家可以更深入地解读文学作品所蕴含的情感和思想。如此，在书写评论或分析文学作品时，同学们会更加准确地把握作者的意图，表达出更深入的见解。

我要说的就是——开始阅读吧！

　　亲爱的同学们，这本书是大施老师对于古典诗词热爱的独特表达，也结合了本人对于文学创作的丰富经验。我希望它能够激发你们的创作热情，引领大家走进一个全新的文字世界。

　　相信我！你能够通过阅读本书尽情感受文人们跌宕起伏的一生，欣赏他们精彩绝伦的诗词创作，并将其巧妙地融入你们的作文中。

　　古典诗词是我们的文化瑰宝，是历史的见证，是情感的寄托，是智慧的结晶。

　　愿本书成为每位同学写作路上的良师益友，启发大家的创作灵感，提升写作水平。让我们一起享受诗词与作文的交融之美，让古典诗词在你们的文字中重获新生，开启一段充满乐趣与成就感的探索之旅吧！

施林佟

写于 2023 年 8 月 6 日

屈原
颠沛流离的风骚墨客

李白
「诗成泣鬼神」的一代宗师

杜甫
从盛唐跌落乱世的忠君爱国者

曹操
争议不断的乱世枭雄

高适
燕歌传天下 诗人之达者

001　　025　　049　　073　　097

少年文人小剧场

目 录
CONTENTS

李煜 从亡国之君到千古词帝 … 121

李贺 从天降神童到吟诗成"鬼"  … 141

苏轼 一路落魄却随遇而安的贵公子 … 167

欧阳修 桃李满天下的伯乐才子 … 191

辛弃疾 壮志难酬的词中之龙 … 217

屈原

颠沛流离的风骚墨客

生卒年： 约前 340 年—前 278 年
字： 灵均
出生地： 今湖北宜昌

- 他是中国历史上伟大的爱国诗人，浪漫主义文学的奠基人。
- 他开创了楚辞的先河，打造了"美人香草"式的寓意手法。
- 他的"求索"精神为后世仁人志士所信奉和追求。
- 他身居庙堂，忠君爱国，提倡"美政"。
- 他流落草莽，仍能坚守初心，不与世俗同流合污，最后以身殉国。
- 他，就是"世界四大文化名人"之一——屈原。

大施老师

干尘

秋意

文人登场

你们都叫我屈原,其实我姓芈①,屈氏,名平,字原。"屈"彰显了尊贵的身份,毕竟是和楚王同姓同宗嘛!但贵族出身丝毫不影响我走向民间,热爱民间。

富二代不可怕,可怕的是富二代比任何人都努力!我就是这样努力的富二代,自幼勤奋好学,博闻强识,胸怀大志。

我和楚怀王在年少时有过一段惺惺相惜的时光,然而一次次的信任危机中,君臣之情不复当初。相较谗谀之言,我的真知灼见显得格外逆耳,怀王渐渐疏远了我,最后干脆将我贬职流放。

离开楚国的权贵核心圈后,我反而有了更多创作精力,写就的《离骚》《九歌》将我推向文学的神坛,前者与《诗经》并称"风骚",后来这个词常被用来形容一个人在某一领域取得了独树一帜的成就。

流放的十余年间，是"回到楚国，报效祖国"这个渺茫的希望支撑着我顽强过活。直到楚国覆灭的消息传来，我终于万念俱灰，放下了所有的爱与恨，也放下了生命——汨罗江❷成了我最后的归宿。

听说每年五月初五民间就有龙舟竞渡、吃粽子、饮雄黄酒的风俗，以此来纪念我。其实，端午一早有之，后来南朝梁人吴均写的神话小说《续齐谐记》❸中有一笔，说我端午投江，百姓以竹筒贮米投水以祭。久而久之，人们就把端午吃粽和赛龙舟等活动与我联系到一起。其实是我借了端午的光。

司马迁说我"博闻强志"，李白赞我"屈平辞赋悬日月"，苏轼眼中"屈原古壮士"……我不是一个成功的政治家，却成了不朽的精神偶像。

曾经以为"举世皆浊我独清，众人皆醉我独醒"❹，不会有什么朋友了，没想到千百年后还有这么多人记得我，喜欢我。我从来不曾孤独。

注释

❶ 芈（mǐ）：春秋时，楚国祖先的族姓，出自黄帝颛顼（zhuān xū）系统的祝融氏。芈姓族群从商代迁徙至南方楚地，当传到熊绎时，因功受周封于楚，遂居丹阳（今湖北省秭归县境内），即屈原的故乡。春秋初期，约公元前7世纪，楚武王熊通的儿子被封在"屈"这个地方，叫作屈瑕，其后代就以屈为氏了。

❷ 汨（mì）罗江：发源于江西与湖南交界的幕阜山脉，全长253公里，最后流入洞庭湖。

❸ 《续齐谐记》：南朝梁文学家吴均创作的志怪小说集，虽仅存一卷，但佳作颇多，从小说艺术的角度看，不但是梁代的佼佼者，在六朝志怪中也属优秀之作。

❹ 译文：世人都迷醉了唯独我清醒，因此被放逐。出自屈原《渔父》。

屈原大事记

所有家长都担心孩子输在起跑线，可有人直接出生在终点，屈原就是这样的幸运儿。他出身贵族，有机会接受顶级教育，小小年纪已博览群书。

贵族少年的幸福时光

前339年 据《离骚》中"摄提贞于孟陬兮，惟庚寅吾以降"❶一句，可推测屈原的生日为楚威王元年正月十四日，刚好是寅年寅月寅日。古人的观念里，这样的生辰八字是少有的清高显贵之命，屈原注定拥有不凡的一生。

● 少年屈原常常不顾家人反对，躲到山洞里去读《诗经》，刮风下雨、天寒地冻也不曾松懈。三年后，他对《诗经》的内容了然于胸，为后来的诗歌创作打下了基础。这就是"石洞读书"的故事。

- 巴山野老听闻屈原爱书,曾深夜前往他的住所。两人一见如故,屈原饶有兴致地同前辈彻夜长谈。临走前,老人拿出一个袋子托屈原保管,若他逾期未归,则请屈原自行处置。数月后,屈原见老人也不来取,就打开袋子,里面竟是各种珍贵书籍。这就是"巴山野老授经"的故事。
- 少年屈原一直居于乐平里❷。这里远离朝堂,民风淳朴,故而他十分同情贫穷的百姓,小小年纪便做了许多体恤民众的好事,博得了一致赞誉。

注释

❶ 译文:岁星在寅那年的孟春月,正当庚寅日那天我降生。摄提:太岁在寅时为摄提格,此指寅年。贞:正。孟:开始。陬(zōu):正月。庚寅:指庚寅之日。古以干支相配来纪日。降:降生。

❷ 乐平里:位于湖北省秭(zǐ)归县。这里保存着大量关于屈原的遗迹遗址,如屈原宅、屈原庙、乐平里牌坊等,其中以"屈原八景"最为有名,即读书洞、照面井、玉米田、擂鼓台、滴帘珍珠、伏虎降钟、响鼓岩、回龙锁水。

楚怀王眼红秦国通过变法做强做大，有心效仿，决定重用屈原。屈原感激怀王的赏识，也准备挥锹抢铲大干一场。

前 321 年 秦军犯境，屈原组织乐平里的青壮年奋力抗击，他一方面对战士们进行思想教育，一方面巧用战术机智果敢地给敌人以沉重打击。一颗政治新星冉冉升起。

风发意气 政治新星的

前 319 年 屈原升任楚怀王左徒，这可是当时仅次于宰相的大官啊！同年秋，屈原首次出使齐国。

前 317 年 怀王积极进行锐意改革，屈原也忙于变法的各项事务，制定并出台各种法令。

● 变法分为两个方面：对内，积极辅佐怀王变法图强；对外，坚决奉行合纵❶，主张联齐抗秦。之后的几年，屈原奖励耕战、举贤能、反壅蔽、禁朋党、明赏罚、移风易俗，楚国一度出现国富民强的局面。

随着变法革新的不断深入，民心沸腾，楚国形势一片大好，也难免触碰了旧贵族的既得利益，他们开始想方设法拔除屈原这颗眼中钉。

• 变法触动了旧贵族的"奶酪"，他们见拉拢不成，索性在怀王面前不断诋毁屈原，欲置其于死地。怀王从此疏远了屈原。

前 314 年　屈原被贬为三闾大夫❷，变法随之流产。"首席红人"沦为可有可无的闲官，屈原的失意人生拉开了序幕。

正人君子的艰难仕途

前 310 年　齐楚两国的联盟被张仪❸施计破坏，楚怀王讨伐秦国，结果惨败。一年后，继续发兵秦国，再败。怀王不得不重新启用屈原，令他出使齐国，促成齐楚缔结新的联盟。

前 308 年　屈原居于郢都，设坛教学，借以驱散官场上的失意。

注释

❶ 合纵：指苏秦游说六国诸侯联合拒秦的联盟战略。秦国在西方，六国在东方并呈南北方向分布，故称合纵。

❷ 三闾（lǘ）大夫：楚国特设的官职，主持宗庙祭祀，兼管贵族屈、景、昭三大氏子弟教育的闲差事。

❸ 张仪：战国时期著名的纵横家、外交家和谋略家。首创"连横"的外交策略，游说六国入秦。得到秦惠文王赏识，封为相国，奉命出使游说各国，以"横"破"纵"，促使各国亲善秦国，受封为武信君。

秦昭襄王继位后，屈原彻底失去楚怀王的信任，被流放到汉北地区。楚顷襄王时代，他仍游离于权力核心之外，两次被放逐江南地区。国家不幸诗家幸。屈原作为文学家活成了一颗明珠。

屡遭放逐的诗意人生

前304年 屈原被楚庄王流放到汉北地区（今河南南阳西峡、淅川一带）。司马迁在《报任安书》中言"屈原放逐，乃赋《离骚》"，汉人对此无异辞。也有说作于楚顷襄王时屈原被流放后。准确时间不可考，推测大致在秋天。

- 屈原意识到朝堂已乱，朝臣间尔虞我诈，君王更是执迷不悟。对此，他忍无可忍又无可奈何，只能将一腔悲怨付诸笔端："宁溘死以流亡兮，余不忍为此态也。"❶

注释

❶ 译文：宁可马上死去魂魄离散，媚俗取巧啊我坚决不干。流亡：随水漂流而去。此态：苟合取容之态。出自屈原《离骚》。

前 299 年　楚、秦两国关系恶化，秦国频繁进攻楚国。屈原从流放地返回。秦王约怀王在武关相会。楚怀王无视屈原劝阻执意赴约，结果被秦国扣留，三年后客死异乡。

前 296 年　屈原被免去三闾大夫之职，放逐江南。

前 294 年　屈原再次被流放到南方的荒僻地区。

- 长达 16 年的流放生涯中，屈原将自己的满腔愤懑和忧思愁绪倾于文学创作，书写了"惜诵""涉江""哀郢"等《九章》中的名篇。

蓝墨水的上游是汨罗江

前 280 年　秦国频频攻打楚国，楚国不断割让土地。尽管遭受多年流放，屈原仍期待能够重回君王身边，报效国家。

前 278 年　秦国攻下郢都，楚国覆灭在即。绝望之下，屈原自沉汨罗江，为祖国和理想殉葬，享年 62 岁左右。

- 著名诗人余光中曾来到汨罗江畔祭祀屈原并赋诗，他写道："蓝墨水的上游是汨罗江。"他用"蓝墨水"指代当代中华文脉，"汨罗江"则代指屈原。

九歌·国殇

操吴戈兮被犀甲,车错毂兮短兵接。

旌蔽日兮敌若云,矢交坠兮士争先。

凌余阵兮躐余行,左骖殪兮右刃伤。

霾两轮兮絷四马,援玉枹兮击鸣鼓。

天时怼兮威灵怒,严杀尽兮弃原野。

出不入兮往不反,平原忽兮路超远。

带长剑兮挟秦弓,首身离兮心不惩。

诚既勇兮又以武,终刚强兮不可凌。

身既死兮神以灵,子魂魄兮为鬼雄!

九歌：《楚辞》篇名。原为传说中一种远古歌曲的名称，屈原据民间祭神乐歌改作或加工而成，共11篇。　　国殇：指为国捐躯的人。殇，指未成年而死，也指死难的人。

吴戈，吴国制造的戈，当时吴国的冶铁技术较先进，吴戈因锋利而闻名。　　被，通"披"，穿着。　　犀甲，犀牛皮制作的铠甲，特别坚硬。　　错，交错。　　毂，车轮的中心部分，有圆孔，可以插轴，这里泛指战车的轮轴。　　短兵，指刀剑一类的短兵器。

矢交坠：两军相射的箭纷纷坠落在阵地上。

凌：侵犯。　　躐（liè）：践踏。　　行：行列。　　殪，死。

霾，通"埋"。古代作战，在激战将败时，埋轮缚马，表示坚守不退。先秦作战，主将击鼓督战，以旗鼓指挥进退。　　枹，鼓槌。　　鸣鼓，很响亮的鼓。

天时，上天际会，这里指上天。天时怼，指上天都怨恨。怼，怨恨。　　威灵，威严的神灵。　　严杀，严酷的厮杀。一说严壮，指士兵。　　尽，皆，全都。

反，通"返"。　　忽：渺茫，不分明。　　超远：遥远无尽头。

秦弓：指良弓。战国时，秦地木材质地坚实，制造的弓射程远。　　首身离：身首异处。　　心不惩：壮心不改，勇气不减。惩，悔恨。

诚：诚然，确实。　　以：且，连词。　　武：威武。　　终：始终。　　凌：侵犯。

神以灵：指死而有知，英灵不泯。神，指精神。　　鬼雄：战死了，魂魄不死，即使做了死鬼，也要成为鬼中的豪杰。

译文

战士手持兵器身披犀甲,敌我战车交错戈剑相接。
旌旗遮天蔽日敌众如云,飞箭如雨战士奋勇争先。
敌军侵犯我们行列阵地,左边的骖马倒地而死,
右边的骖马被兵刃所伤。
兵车两轮深陷绊住四马,主帅举起鼓槌猛击战鼓。
杀得天昏地暗神灵震怒,全军将士捐躯茫茫原野。
将士们啊一去永不回还,走向那平原的遥远路途。
佩长剑夹强弓征战沙场,首身分离雄心永远不屈。
真正勇敢顽强而又英武,始终刚强坚毅不可凌辱。
人虽死啊神灵终究不泯,您的魂魄不愧鬼中英雄!

创作背景

经过商鞅变法,秦国在战国七雄中后来居上,成为楚国最大的威胁。楚怀王却放弃了合纵联齐的正确方针,一再轻信秦国的空头许诺,与之交好,当秦国的诺言终成画饼时,秦、楚交恶不可避免。两国相争,多是秦胜楚败。据统计,屈原生前楚国有15万以上的将士在与秦军的血战中横死疆场。

古人将尚未成年(不足20岁)而夭折的人称为"殇",也指未成丧礼的无主之鬼。按古代丧俗,战场上无勇而死之人不能敛以棺柩葬入墓域,即为无主之鬼。战死疆场的楚国将士因是战败者,故而只能暴尸荒野,无人替这些为国捐躯者操办丧礼,进行祭祀。屈原有感于此创作了不朽名篇——《九歌·国殇》。

大施点睛

屈原大多数作品带有浓厚的浪漫主义色彩，辞藻华美，花团锦簇，而《国殇》受题材所限，褪去华丽，采用了整齐精练的句式，七字一句，每句第四字皆用"兮"字。"兮"是文言助词，相当于现代文中的"啊""呀"。相同的句式不仅增强了全诗的节奏感，也使情感表达彰显庄重，特别是最后两句"身既死兮神以灵，子魂魄兮为鬼雄"，将诗人对爱国将士们的崇敬感情推向高潮，渲染了全诗的悲壮美。

此外，屈原善于发现美好意象，并将之用于创作。正如他以"美人香草"指代美好的人事一样，本诗中，他同样以美好事物来形容笔下的人物。这批神勇的将士手持吴地出产的以锋利闻名的戈、秦地出产的以强劲闻名的弓，披的是犀牛皮制的盔甲，拿的是有玉嵌饰的鼓槌，他们生为英雄，死为鬼雄，气壮山河，永垂青史。

穿越时空谈技巧

以前觉得越是久远的文学作品，读起来越是生涩难懂，可这首《国殇》距离我们两千多年了，读完却丝毫不影响我心潮澎湃，每到一个"兮"字，我都会跟着深吸一口气。

屈原大夫在政坛上有多失意，在文坛上就有多得意，尽管这不是他的初衷，可挡不住才华横溢啊！我最爱这两句收尾，"身既死兮神以灵，子魂魄兮为鬼雄"，何等悲壮，又何等豪迈！

亲爱的同学们，心动不如行动！让我们快快踏上大施的时光机，做一次遥远的时光之旅，回到风起云涌的战国时代，一睹这位伟大诗人的庐山真面目吧！

物换星移，时光倒流，欢迎来到风起云涌的**战国时期**

老师，不远处那位身材颀长❶、面容忧郁的中年男子，看上去像是官员的样子，可就是屈原大夫吗？

注释

❶ 颀（qí）长：指身高修长。

没错！时光机显示此时正值公元前310年，正好是屈原担任三闾大夫执掌祭祀时期，有机会创作与祭祀歌舞相关的《九歌》。

啊，奇哉！居然有人已经看到屈平[1]的拙作了？

屈原大夫，久仰久仰！我们是来自未来21世纪的师徒三人，穿越时光专程来拜访您。孩子们拜读了您的《九歌·国殇》，个个心潮澎湃，除了有感于您对众烈士的崇高敬意，更想向您讨教一下写作的技巧。望您不吝赐教。

未承想笔随心至之言竟惹得千百年后的学子远道而来，平[2]亦荣幸至极。这是一个兵荒马乱的时代，战争就是主旋律，无人能够独善其身。这些英勇的壮士很多和两位小学子一般，都是尚未成年的孩子，可能连"为国捐躯"的深意都不曾理解就祭出了宝贵的生命，何等可怜可悲！写再多的《国殇》也抵不上他们的牺牲呵！

注释

[1] 屈平：自称称名不称字，所以屈原自称屈平。
[2] 平：同屈平，自称。

屈原大夫节哀哦！我们倒觉得这首诗其实提供了更庞大的美学容量，不仅再现了将士们面对强敌英勇拼杀的场景，歌颂了将士们的英雄气概和献身精神，同时也表现了诗人的爱国主义精神。

正是！您恐怕还不知道吧，在我们那个时代，"屈原"二字就是"爱国"的代名词，提起您的大名无人不知、无人不晓。我们正是来向您学习如何将"爱国精神"的主题写好、写精、写出新意。

尤其《国殇》的句式齐整精练，不仅能增强诗的节奏感，还有助于抒发感情，这种句式对我们今人的写作也很有启发。

哈哈哈，谬赞啦！整齐、华丽、优美、富有感染力的句式正是楚辞的特点啊！这个时代的文人都这样写，而且这些诗歌都能配乐唱出来，所以"兮"这样的语气助词就很必要，可以造势，就是你们说的节奏感吧。

我们可以借鉴楚辞的句式优势，结合今人喜闻乐见的修辞手法，打造出一种"排山倒海"写作法！

听起来很厉害的样子!愿闻其详。

所谓排山倒海就是造势。具体到今天要讲的写作技巧,就是"排比+解释+点题"!首先,写作时巧用排比句,可以打造富有节奏感与韵味的金句,使表达更高效,气势磅礴,先声夺人。排比的内容可以是事例,也可以是名人名言。同学们不必眉头紧锁,屈原大夫的事例和作品不就是很好的写作素材吗?

见笑见笑!

再说解释。排比所描写的对象该如何与主题相关呢?我们不能把人名、事例、名言等罗列出来了事,一定要解释,与主题进行衔接。最后就是点题。写作中,点明主题是重中之重哦!切记在段落结尾点明主题。

老师,让我们见识一下"排山倒海"的写作效果吧!

这就来——

以民为本、忧国忧民的屈原,在遭受放逐时仍心怀报国之志;毅然回国、鞠躬尽瘁的邓稼先,在酷暑严寒下现场领导核试验;脚踏实地、刻苦钻研的袁隆平,在不懈努力后研究出杂交水稻。

<u>这就是事例的排比+解释,与爱国的主题相关</u>

任由时代变迁、沧海横流,爱国都是古往今来中华民族的伟大精神。

<u>这里是点题——我们写作的主题是"爱国精神",就要在段落尾声点明</u>

原来未来之人都是这样写文章啊!屈平真是大开眼界了。

果然神奇!名人名家的例子比任何爱国口号都更具说服力和煽动力,其实也是一种省时省力的写法,规避了过度抒情带来的造作和刻意。

如此高性价比的写作技巧还不赶快用起来！今天的课后作业就是以"新时代的爱国精神"为主题，根据"排山倒海"写作法，结合所学诗歌，创作出属于你的精彩段落吧！

路漫漫其修远兮，吾将上下而求索！真的是学无止境啊！

屈原大夫，时间不早了，我们也要返程了。虽然我们不能改变历史，更不能改变您的命运，但我们会格外珍惜这次相遇，也会朝着您缔造的那种"香草美人"的意向努力的！

愿岁并谢，与长友兮。❶

屈原大夫，珍重珍重！有缘再会！

注释

❶ 译文：我愿与日月共赴生死，长结友谊不离不弃。出自屈《九章·橘颂》。

妙笔生花绘文章

恭喜同学们，通过和屈原先生的会面，想必大家学习了他的代表诗歌，也足够了解了他的爱国思想。与此同时，老师也介绍了写作绝招"排山倒海"，那么接下来，就一起来看如何利用好这一绝招，结合屈原的经历，在文章中体现出爱国精神吧！

【习作要求】

请以新时代的爱国精神为主题，结合所学诗歌，合理运用本章所学的"排山倒海"写作法，创作一篇600字左右的文章。要求符合题意，中心突出，内容充实，语言顺畅，没有语病，结构完整，条理清楚。

【行文框架】

为使大家能够更好地理解和赏析文章，大施老师对段落结构进行了拆分，通过思维导图让大家更清楚地了解一篇文章的结构和内容，一起跟着老师来分析一下吧！

爱国精神伴我行

开头
- 内容：解释爱国的含义
- 作用：引出名人事迹

正文
第一段
第二段
第三段
- 内容：引用名家事例展现爱国
- 技法：时间顺序描写
- 作用：时间递进，使文章更有层次，名家事例更有说服力

  - 古有屈原：含泪写《九歌》
  - 近有邓稼先：坚守核弹研究第一线
  - 现有袁隆平：钻研多年培育水稻

结尾
- 内容：总结三人事例，体现爱国精神
- 技法：排山倒海
- 作用：排比加解释更好抒发爱国情感

【范文赏析】

爱国精神伴我行

爱国——是人世间最深层、最持久的情感，是一个人的立德之源、立功之本，也是中华民族的精神基因。爱国精神是爱国主义的灵魂，更是中华民族千百年来继承和发扬的核心精神。它激励着无数的先贤和英雄，为国家的繁荣和人民的幸福而努力奋斗……

> 小窍门：开头解释爱国精神的含义，并引出下段的名人事迹，会增加文章的逻辑性哦！

古有伟大的爱国诗人——屈原。在被放逐时，他心怀报国之志，却眼睁睁看战争夺去无数将士的生命。他含泪写下的《九歌·国殇》："身既死兮神以灵，子魂魄兮为鬼雄"，表达了对国家动荡的悲叹以及对爱国将士牺牲的崇高敬意，体现了他对祖国的深深热爱和对民族复兴的渴望。

近有中国的科学家——邓稼先。他被誉为"中国核武之父"，在中国核试验的各个关键节点扮演着重要角色，始终坚守在国家的核发展事业一线，无论酷暑还是严寒，都亲临现场指导工作。他毫不退缩的精神，展现了对国家安全和发展的高度忧虑和坚定信念。

> 小技巧：这三段引用人物的事迹时可以按照时间由远及近的顺序，使得文章更有层次感，感情也逐渐加深哦！小同学们赶紧学起来！

现有现代农业科学家——袁隆平。他被誉为"水稻之父"，脚踏实地、刻苦钻研，经过多年的艰苦努力，成功地研发出了杂交水稻，不仅为中国解决了粮食危机，使中国成为全球主要的粮食生产国之一，更在帮助全世界人民解决饥荒问题上做出了伟大贡献。

以民为本、忧国忧民的屈原，在遭受放逐时仍心怀报国之志；毅然回国、鞠躬尽瘁的邓稼先，在酷暑严寒下现场领导核试验；脚踏实地、刻苦钻研的袁隆平，在不懈努力后研究出杂交水稻。这些伟大的人物和他们的事迹，展现了中华民族的爱国精神。无论时代如何变迁，无论沧海如何横流，爱国精神承载着对国家的忠诚和对人民的关怀，鼓舞着每一个中国人为国家的繁荣和人民的幸福奋斗。在新时代的背景下，我们应该不忘初心，牢记使命，以民为本，用笔尖和行动传递爱国的力量，为实现中华民族的伟大复兴而努力奋斗，为祖国的繁荣富强贡献自己的智慧和力量。

> 小贴士：最后一段利用好老师教给你们的"排山倒海"法！排比＋解释能更好升华情感；同时也要注意结合自身实际来点明爱国精神，这样使文章更加落地，不空泛哦！

太棒啦！各位同学跟着大施老师赏析完这篇范文，是不是更能体会到"排山倒海"的精妙之处了呢？那就要在之后写文章时好好利用起来哦！

下一个章节，大施老师将会带大家了解一位在历史上富有争议的政治家——曹操，他是如何从一代臣子摇身一变成为魏国君主的？他的诗词又表达了什么样的情感？快快随大施老师和弟子们去一探究竟吧！

曹操

争议不断的乱世枭雄

生卒年： 155年—220年
字： 孟德
小字： 阿瞒
出生地： 今安徽亳州

- 他以政治家的身份为世人所熟知，是戏曲舞台上的奸臣反派，也是史学家口中的治世能臣。

- 群雄逐鹿的年代，他凭借卓越的政绩和战功脱颖而出。

- 当刀光剑影黯淡、鼓角争鸣远去，他的名字依然镌刻于时代的丰碑。

- 在历史真相与艺术创作的交错中，他把争议和猜想留给后人。

- 他，就是乱世枭雄——曹操。

大施老师

干尘

秋意

文人登场

我姓曹名操，字孟德，一名吉利，还有一个尽人皆知的小名"阿瞒"，是不是很萌？

我是西汉相国曹参的后代，祖父曹腾深受皇帝重用，地位显赫。父亲曹嵩借着祖父的名望一路做到太尉，也就是中央掌管军事的最高官员。

我父亲是祖父的养子，据说是从夏侯家抱养的，所以有人说我本姓夏侯。这不重要，英雄不问出处，用自己的实力让你们记住我就行了！

我是政治家、军事家，也是文学家、书法家。我的诗写得很好，想必你们也知道。告诉我你们最喜欢哪句？是"东临碣石，以观沧海"❶，是"老骥伏枥，志在千里"❷，还是"何以解忧，唯有杜康"❸？

很多人觉得我的形象不是很好，其实都是因为那个叫罗贯中的人写的一部《三国演义》。我建议你们去陈寿的《三国志》里认识一下更真实的我。

你们都说我是篡汉的奸贼，殊不知"天地间，人为贵"❹，我也懂得"生民百遗一，念之断人肠"❺。总要有人挺身而出终结乱世，既然没人愿担这个恶名，那就让我曹阿瞒来吧！

注释

❶ 译文：东行登上高高的碣石山，来观赏苍茫的大海。出自曹操《观沧海》。

❷ 译文：年老的千里马虽然伏在马槽旁，雄心壮志仍是驰骋千里。出自曹操《龟虽寿》。

❸ 译文：靠什么来排解忧闷？唯有豪饮美酒。出自曹操《短歌行》。

❹ 译文：万物生于天地，人类高贵无比。出自曹操《度关山》。

❺ 译文：一百个老百姓当中只有一人能活，想到这里不免让人肝肠寸断。出自曹操《蒿里行》。

曹操大事记

东汉中后期，宦官[1]和外戚[2]干涉朝政，朝政日益腐败，加之豪强兼并土地，社会渐渐混乱。

155年 曹操出生在今安徽省亳州市。

- 曹操有神童潜质，但对学业不太上心，自控能力较差。别人都觉得他是个不学无术的学渣，只有梁国的桥玄[3]和南阳的何颙[4]看出他的慧根，觉得此人日后必成大事。

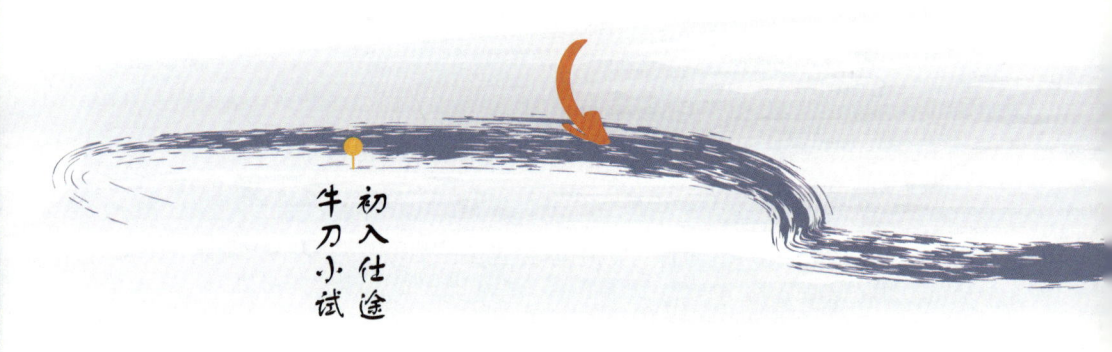

初入仕途 牛刀小试

- 随着年纪增长，曹操成长为一个有理想、有情怀的年轻人，对当时的乱世环境很不满。20岁时，他举孝廉[5]做了郎官[6]，出任洛阳北部尉，负责治安管理。新官上任三把火，初入仕途的曹操很有胆魄，不管什么身份的人犯了罪，他都同等对待。洛阳的治安有了很大的改观。

- 曹操应召入朝做了议郎[7]，不停地给皇帝递奏章，皇帝也不怎么理他，让他非常郁闷，觉得报国无门。

> 东汉末年的乱象引得处处造反。所谓时势造英雄，曹操抓住机会，迎来自己的战场首秀。

首上战场 初露锋芒

183 年 黄巾起义[8]爆发。曹操被任命为骑都尉，征讨黄巾军。因平叛有功，曹操升任济南相，管理诸侯国。上任后，曹操肃清[9]了一批贪赃枉法的权贵。百姓安居乐业，对曹操很是敬佩。

注释

1. 宦官：君主时代宫廷内侍奉帝王及其家属的人员，也叫太监。
2. 外戚：帝王的母亲和妻子方面的亲戚。
3. 桥玄：110—184 年，一作乔玄，字公祖。东汉时期名臣。
4. 何颙（yóng）：？—190 年，字伯求。东汉末年名士。
5. 举孝廉：汉代的一种人才选拔机制。由地方官举荐又清廉又孝顺的人作为官吏的候补。
6. 郎官：汉朝低等官职，是日后升迁的基础。
7. 议郎：官职，职责是议论时政，皇帝要是有不对的地方，议郎要给出建议。
8. 黄巾起义：由张角领导的东汉末年农民起义，虽然最后失败了，但对东汉统治产生了巨大冲击。
9. 肃清：清除，消灭干净。

东汉末年，董卓[1]趁机占据京城，挟持汉献帝，把持了朝政。董氏的暴戾引起大众的不满，各地的讨伐势力越来越大。

189年 曹操到了陈留县，变卖家产，募集义军，准备对付董卓。

● 董卓很看重曹操的才干，之前还举荐他做官。但曹操看不惯董的暴虐，拒绝合作。要知道，董卓当时可是大权在握、如日中天，可见，曹操还是很值得尊敬的。

率军西征

扶摇直上

190年 昔日的小伙伴袁绍[2]召集十八路诸侯共同讨伐董卓，曹操积极响应。诸侯中不乏乌合之众，整日喝酒闹事。曹操只好带着队伍单干，终因寡不敌众，损兵折将。

192年 董卓被杀。黄巾军四处作乱，曹操带官军镇压，得到30多万降兵。他将其中的精锐整编，成立了"青州兵"，成为日后起家的资本。

196 年 曹操迎汉献帝回洛阳，不久迁都许昌。献帝任命曹操为大将军，封武平侯。曹操开启了"挟天子以令诸侯"的时代，将混战中的对手逐个消灭，势如破竹。

200 年 曹操和袁绍在官渡展开决战。曹军突袭了袁绍的粮仓，最终胜出。官渡之战成为中国战争史上以少胜多、以弱胜强的经典战例，为曹操统一北方奠定了基础。此后，曹操一边征战，一边整顿吏治，发展经济。

207 年 曹操写下名篇《龟虽寿》，"老骥伏枥，志在千里。烈士暮年，壮心不已"[3]，年过五十的他，依然有着积极进取的人生态度。

注释

[1] 董卓：东汉末年权臣。曾弑帝专权，后被亲信吕布杀死，全族被灭。
[2] 袁绍：东汉末年群雄之一，实力强大。官渡之战败于曹操，不久病逝。
[3] 译文：年老的千里马虽然伏在马槽旁，它的雄心壮志仍然能够驰骋千里。有远大抱负的人到了晚年，奋发思进的雄心也不会止息。

208 年　曹操担任丞相，在长江赤壁一带和孙权、刘备的联军大战开战。联军采用火攻，以弱胜强。曹操失去了短时间统一全国的可能性。

- 赤壁之战后，曹操在军事上并没有放弃，西征马超、韩遂，并与东吴孙权多次交锋等。

烈士暮年　壮心不已

215 年　曹操平定关中，三国鼎立的局面基本形成。刘备占据西南地区的四川盆地，孙权占据江东一带，曹操统一了北方。

- 曹操采取了一系列稳定内部的措施，发展生产、招揽人才。他早在《度关山》中就提到对生命的重视，"天地间，人为贵"表明他领悟到了社会安定对国家富强的重要性，决意通过休养生息来使人民富足。

- 曹操的权力越来越大，被封魏公，再加封魏王，出入的仪仗已经和皇帝没有区别。

220 年 曹操在洛阳病逝，享年 66 岁。其子曹丕代汉称帝后，追尊曹操为太祖武皇帝。

蒿里行

关东有义士,兴兵讨群凶。

初期会盟津,乃心在咸阳。

军合力不齐,踌躇而雁行。

势利使人争,嗣还自相戕。

淮南弟称号,刻玺于北方。

铠甲生虮虱,万姓以死亡。

白骨露于野,千里无鸡鸣。

生民百遗一,念之断人肠。

蒿里行：汉乐府旧题，属《相和歌·相和曲》，本为当时人们送葬所唱的挽歌，曹操借以写时事。蒿里，指死人所处之地。

关东：函谷关（今河南灵宝西南）以东。　义士：指起兵讨伐董卓的各将领。　群凶：董卓及其党羽。

初期：本来期望。　盟津：指孟津（今河南孟州南）。相传周武王伐纣时曾在此大会八百诸侯，此处借指本来期望关东诸将也能像武王伐纣会合的八百诸侯那样齐心协力。　乃心：其心，指上文"义士"之心。　咸阳：秦都城，此处借指长安，当时献帝被挟持到长安。

力不齐：指讨伐董卓的诸将领各有打算，力量不集中。　踌躇：犹豫不前。雁行（háng）：飞雁的行列，形容诸军列阵后观望不前的样子。此处是句倒装，正常语序为"雁行而踌躇"。

嗣：后来。　还：不久。　自相戕（qiāng）：自相残杀。当时盟军中发生内斗。

淮南弟称号：袁绍的弟弟袁术197年在淮南寿春（今安徽寿县）自立为帝。刻玺于北方：191年，袁绍打算废了献帝，立幽州牧刘虞为皇帝，并刻制印玺。玺，皇帝用的印章。

铠甲生虮虱：由于长年战争，战士们不脱战袍，铠甲上都生了虱子。铠甲，古代的护身战袍，金属制成的叫铠，皮革制成的叫甲。虮，虱卵。　万姓：百姓。以：因此。

生民：百姓。　遗：剩下。

译文

关东的仗义之士，都起兵讨伐那些凶残的人。

最初约会各路将领订盟，同心讨伐长安的董卓。

讨伐董卓的军队汇合以后，因为各有打算，互相观望，谁也不肯率先前进。

各路军为了各自利益争夺，自相残杀起来。

袁绍的弟弟袁术在淮南称帝，袁绍谋立傀儡皇帝在北方刻了印玺。

战争不止，士兵长期脱不下战袍，铠甲上生满了虮虱，百姓也因连年战乱大批死亡。

尸骨暴露在野地里无人收埋，千里之内没有人烟，听不到鸡鸣。

一百个百姓中只不过剩下一个还活着，想到这里令人极度哀伤。

创作背景

这首诗是曹操人生第三阶段的代表作。当时，讨伐董卓的联军按兵不动，曹操只好带着几千兵士迎战董卓的军队，损失惨重。联军为了各自的利益争权夺势，相互厮杀。汉末的世道极为混乱，百姓流离失所，社会经济遭到极大破坏。曹操耳濡目染这样的乱象惨状，感慨万千，写下了这首《蒿里行》。

大施点睛

曹操的这首诗被后人称为汉末实录,就是说它真实地反映了当时的社会现实。作者用大段诗文来铺陈时代背景,把历史的发展真实记录下来。

各路军阀以讨伐董卓为名,拥兵自重,在争权夺利中自相残杀,引起了新一轮的社会混乱,给人民造成了深重的灾难。从"铠甲生虮虱"一句开始,曹操把画面从军阀纷争的局面引向个人命运的展示,而"白骨露于野,千里无鸡鸣"两句只简简单单的几个字,就把战乱中的凄凉悲惨带到读者面前,形成强烈的视觉和情感冲击。

有人这样评价曹操的诗——曹公古直,甚有悲凉之句。这首《蒿里行》就是最好的体现。讨伐董卓是曹操政治生涯的起点,他把经历的一切用诗词记录下里,把自己对现实的不满,对百姓的同情在字里行间流露,展现了他作为政治家和军事家的气魄和忧患意识。

穿越时空谈技巧

"白骨露于野，千里无鸡鸣"——哎呀！当时的老百姓可是太惨了。

没错，当时各路联军为了各自利益互相残杀，受苦的还是百姓。

"生民百遗一，念之断人肠"——曹操还挺有同情心的。

看了曹操的生平大事记和诗词，都快要颠覆我对这位乱世枭雄的认知了。大概是我平时演义看得太多了。

不过历史上也有曹操屠城的记载，所以真不知道该怎么去评价他。

所谓人红是非多。从古至今，对于曹操的评价始终褒贬不一。有的人认为他是三国第一忠臣，妥妥的大英雄；有的人则认为他是卑鄙阴险的权谋者，是乱世奸臣。其实在动荡变革的时代，一切瞬息万变，很难通过某一时间的行为来判断一个人。比如曹操，残暴屠城、滥杀无辜是他，体恤众生、胸怀大志、发展生产、推行法治、打击恶政也是他，所以我们应该更加全面地了解历史，保持客观的态度来了解这位历史人物。

老师说得真好。我对曹操的好奇心越来越强了，真想去看看历史上真实的他。

大施老师一定会带我们穿越到三国时期，满足你的愿望。来吧，让我们见证这个精彩的时刻！

喂喂喂，你都抢了我的台词了。好吧，废话不多说，上时光机！

物换星移，时光倒流，
欢迎来到英雄辈出的 **三国时期**

那个对酒高歌的长者必定是曹操本尊啦！果然有一种震慑人心的气场。

你这小娃娃是在说老夫吗？

丞相大人，我们是从未来穿越而来的师徒三人，特意来拜访您，向您讨教写作的技巧。

未来？未来是什么样子？

未来和您所处的年代有太多不同，却也有很多相同。比如，在未来世界，您的诗词依旧在流传。我是未来世界的老师，想借用您的诗词来指导我的学生写好作文，今天用到的范例正是您的《蒿里行》。

那是很久远的作品了，当时老夫还在讨伐董卓那个贼人，一眨眼几十年就过去啦！

同学们在课堂上学习了这首诗词，现在考大家一个问题："生民百遗一，念之断人肠"两句，适合在哪类作文主题中出现呢？孝顺父母类、青春梦想类、读书学习类，还是人文关怀类？

我感觉用在人文关怀类更合适一些。这两句是诗人看到人民生活在水深火热之中而产生的同情与惋惜之情，也暗含着他对国家统一、百姓不再受苦的希望。

没错。尔等对老夫的诗词分析得很是到位呢！

今天我们要讲的就是关于"人文关怀"的主题作文的写作技巧。如何把这一主题的文章描写得言之有物，突出真情实感呢？今天就来学习一个大招——"以小见大"写作法。所谓"以小见大"，就是从小事物引入，进行大场景描绘。

什么是"从小事物引入"呢？

顾名思义，就是能从现实生活中细小之事、微小之物中挖掘出其不寻常的内涵。"小"既可以是具体的事物，比如书桌、椅子、天空等肉眼可见的东西，也可以是发生在现实生活中典型的事例。

什么是"大场景描绘"呢？

当我们选取了一个现实生活中小事物，就要思考一下能从这个小事物联想到什么？比如今天的写作主题是人文关怀，那么就要想一想生活中你遇到的什么小事物可以让你联想到人文大爱的场景。我们还是用例子说话。比如我们看到《三国演义》，就会联想到这首《蒿里行》。

小事物引入——注意啦，这里我们找到的"小事物"就是一本书哟！

我仰头望向书架，一本蒙尘的旧书呈现在我眼前，不过依稀可以辨认出封面上"三国演义"四个大字。每每看到这本书，我都感叹于如今太平盛世的来之不易。

遥想三国时期，那位眉头紧锁、身着战甲、挥斥方遒的一代枭雄曹操，在经历汉末长期的军阀混战之时，发出了"生民百遗一，念之断人肠"的沉痛感叹。再看如今，当年政权动荡、军阀混战造成民不聊生的悲惨局面已荡然无存，不知曹操看到这样的盛世景象，是否感到欣慰呢？

大场景描绘——由《三国演义》引出三国时期军阀混战的大场面，并且引入今天所学有关战乱的诗句进行场景描绘，给读者和阅卷老师呈现出绝佳的画面感觉。

老夫的作品被你们这样引用，看起来效果也不错啊！

丞相满意就好，那我们顺着课堂主题布置一下作业：请以"你好，和平"为题，根据本章所学的"以小见大"写作法并结合所学诗歌，创作出属于你的精彩段落吧！

青青子衿，悠悠我心。[1] 看着小学子们求学若渴的样子，老夫很是欣慰。希望你们写出更多更好的作品。

注释

[1] 译文：有学识的才子们啊，你们令我朝夕思慕。出自曹操《短歌行》。

妙笔生花绘文章

恭喜同学们,在和曹操对酒当歌时明白了什么是"以小见大",了解了他的诗词可以应用在大爱大义的主题上面。那么接下来,我们就一起来赏析一下如何通过"以小见大"的手法来展现曹操的人文关怀!

【习作要求】

请以"你好,和平"为题,结合所学诗歌,合理运用本章所学的"以小见大"写作法,创作一篇600字左右的文章。要求符合题意,中心突出,内容充实,语言顺畅,没有语病,结构完整,条理清楚。

【行文框架】

为使大家能够更好地理解和赏析文章,大施老师对段落结构进行了拆分,通过思维导图让大家更清楚地了解一篇文章的结构和内容,一起跟着老师来分析一下吧!

你好，和平

开头
- 内容：从书架一本书引起对战国时代情景的联想
- 技法：以小见大
- 作用：吸引读者阅读兴趣

正文 第二段 第三段
- 内容：曹操对和平的理解和实施措施
- 作用：表现了曹操对和平的追求和向往

结尾
- 内容：我们应该为和平做出什么努力
- 作用：联系自身，升华主题

【范文赏析】

你好，和平

我仰头望向书架，一本蒙尘的旧书呈现在我眼前，不过依稀可以辨认出封面上"三国演义"四个大字。每每看到这本书，我都感叹于如今太平盛世的来之不易。遥想三国时期，那位眉头紧锁、身着战甲、挥斥方遒的一代枭雄曹操，在经历汉末长期的军阀混战之时，发出了"生民百遗一，念之断人肠"的沉痛感叹。

经历了战乱纷争的曹操深知战争的残酷无情，他亲眼看到四方豪杰相互争斗、百姓流离失所的情景，内心却一直向往着和平。他明白和平不仅是人类最基本的需求，也是社会繁荣稳定的基石。曹操希望通过自己的努力，让天下回归和平。他以聪明才智和卓越的军事才能，一方面征战四方，统一北方，为天下带来了短暂的安宁；另一方面，也积极推行善政，减轻百姓的负担，提高生活水平。他希望通过政治手段，以和平的方式解决纷争，减少人民的苦痛。

然而，曹操的和平梦并没有完全实现。尽管他在政治上取得了一定成果，仍然无法摆脱战争的阴影。面对敌对势力的围追堵截以及内忧外患的局面，他不得不时刻保持警惕，并采取相应的措施来维护稳定和

> 小窍门：开头记得引用大施老师教给你的"以小见大"，可以一下子吸引到读者哦！

> 小贴士：这段描写了曹操对和平的理解和实施策略。

安全。曹操深知，和平不是一蹴而就的，它需要付出艰辛的努力和无数的牺牲。他不断奋斗，不断改进自己的政策和战略，为实现和平而努力。他通过自己的努力，为未来的和平奠定了坚实的基础。

今天的我们生活在和平时代。然而，和平并不意味着万事大吉。我们依然面临着各种各样的困难和冲突。因此，我们要像曹操一样，保持对和平的渴望，付出努力去实现它并维系它。和平不只是一个口号，更是一种信念。我们需要通过互相理解、宽容和合作来促进和平的实现；要倡导和平的思想，传递和平的力量，让和平成为人们的共同追求。只有这样，我们才能建立一个更加和谐、稳定和幸福的社会。让我们怀着对和平的热爱，共同创造一个更加美好和谐的世界吧！

小贴士：这段表现了曹操为了实现和平面对的困难和对此的努力。

小技巧：最后一段最好联系实际，结合我们对和平的理解和做法会更有说服力哦！

太棒啦！各位小读者跟着大施老师赏析完这篇范文，是不是更好地理解到"以小见大"的精妙之处了呢？那就要在之后写文章时好好利用起来哦！

下一个章节，大施老师将带大家一起了解一下无数诗人心中的"偶像"——李白，他是如何做到"口一张吐出半个盛唐"的呢？快快随大施老师和弟子们去一探究竟吧！

李白

"诗成泣鬼神"的一代宗师

生卒年： 701年—762年
字： 太白
号： 青莲居士
出生地： 西域碎叶

- 他浪漫豪放，创造了奇妙飘逸的诗歌世界。
- 他洒脱不羁，不愿人浮于事，更不屑于曲意逢迎。
- 他怀抱理想，少年离家，终生游历，晚年却颠沛流离。
- 他是唐朝最耀眼、最杰出的诗人。
- 他，就是"诗仙"——李白。

大施老师

千尘

秋意

文人登场

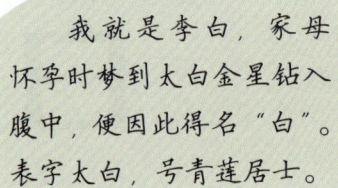

我就是李白,家母怀孕时梦到太白金星钻入腹中,便因此得名"白"。表字太白,号青莲居士。

一直以来,关于我的出身争议不断,比较公认的说法是生于西域,祖籍甘肃天水。但私以为,长于斯❶的四川才是我的家乡。

后世"粉丝"说我是浪漫主义❷诗人,称我"诗仙",谬赞啦!

好友杜甫评价我说"笔落惊风雨，诗成泣鬼神"。前辈贺知章看完我的作品，也要感叹一句："谪仙人③啊！"

成为"诗仙"实属计划之外，写诗于我就像呼吸，本是稀松平常之事。我的理想是紫袍玉带，为国家建设尽一份绵薄之力，谁知领导只看重我的文采，分配的任务不过是娱乐助兴……也罢，我走我的路吧！

我从小就喜欢剑术，有着深刻的"侠客"情结；还极好喝酒，美酒最能激发我的创作灵感，"饮中八仙"④里就有我。

我还是旅行达人，个性签名是："我有诗与酒，你愿陪我仗剑天涯吗？"名山大川几乎都有我的足迹。若问我最喜欢哪个地方，请到我的诗里找答案！

注释

① 长于斯：成长在这里。
② 浪漫主义在描述现实世界时更侧重从作者内心世界出发，抒发对理想世界的热烈追求，常用热情奔放的语言、瑰丽的想象和夸张的手法来塑造形象。与现实主义同为文学艺术上的两大主要思潮。
③ 原指神仙被贬入凡间后的一种状态，引申为才情高超、清越脱俗的人物。
④ 唐朝嗜酒好仙的八位学者名人，即李白、贺知章、李适之、汝阳王李琎(jīn)、崔宗之、苏晋、张旭、焦遂。

李白大事记

李白早慧,自述"五岁诵六甲,十岁观百家"[1],"十五观奇书,作赋凌相如"[2]。蜀地[3]文化滋养下的青少年时期,为其后来的创作生涯打下了深厚的文化基础。

705年 5岁的李白随富商父亲李客来到江油县(今四川省绵阳地界),开启了在蜀地读书漫游的悠哉生活。

蜀中游学

718年 18岁的李白隐居戴天大匡山(今四川省江油市内)读书,先后出游江油、剑阁、梓州(今四川省境内)等地,阅历渐长。《新唐书》载,此时的李白"喜纵横术,击剑,为任侠,轻财重施"。

注释

[1] 译文:我五岁时开始诵读六甲,十岁就读诸子百家的文章了。出自李白《上安州裴长史书》。
[2] 译文:我十五岁时观阅奇书,作赋水平在司马相如之上。出自李白《赠张相镐二首》。
[3] 泛指四川重庆一带。

青年李白在游山玩水中诗兴大发，以创作山水诗、乐府诗和赠别诗为主，写出了《渡荆门送别》《望庐山瀑布》《望天门山》等诸多脍炙人口的作品。

724年 为了实现政治抱负，24岁的李白开始远游。"仗剑去国，辞亲远游"❶。

● 离开故乡后，李白顺江而下，过岳州，登岳阳楼，游洞庭湖；抵鄂州，游江夏，登黄鹤楼，游鹦鹉洲、赤壁、南浦等胜迹。仗剑走天涯的岁月，年轻气盛的李白修炼成了"社牛"❷，结交了大量如李邕❸、孟浩然❹这样的文人墨客。

仗剑远游

注释

❶ 译文：于是持剑而去，离别故土，辞别亲人，远游他乡。仗，佩戴，携带。去，离开。出自李白《上安州裴长史书》。

❷ 社牛：网络热词，与社交恐惧症相反的概念，形容在社交方面不胆怯，不怕生，不惧他人眼光，不担心被人嘲笑，能够游刃有余地沟通。

❸ 李邕（yōng）：678—747年，字泰和，鄂州江夏（今湖北省武汉市江夏区）人。唐朝大臣，书法家，行草之名由著，传世碑刻有《麓山寺碑》《李思训碑》等。

❹ 孟浩然：689—740年，字浩然，号孟山人，襄州襄阳（今湖北省襄阳市）人，唐代著名的山水田园派诗人，世称"孟襄阳"。

> 以得意开场，以黯然结束。长安岁月对李白的心态及创作都产生了重要影响。担任翰林供奉一职后，其诗歌题材大致分为宫廷生活、边塞、咏怀及赠答诗四类。

一朝长安

742 年 李白收到神秘来信——唐玄宗李隆基的一纸诏书，简而言之："李白，快到朕的碗里来！"

- 李白看到美好未来在向他招手，遂写下平生最为轻狂得意的诗作《南陵别儿童入京》，一句"仰天大笑出门去，我辈岂是蓬蒿人"❶，可说是把"踌躇满志"❷四个大字体现得淋漓尽致。

● 起初，李白备受玄宗欣赏，各种赏赐不在话下。可君王只要李白做弄臣❸，根本无视他的政治才华。仕途失意的李白索性纵酒狂歌，桀骜不驯，得罪了不少权贵，最后也激怒了玄宗。

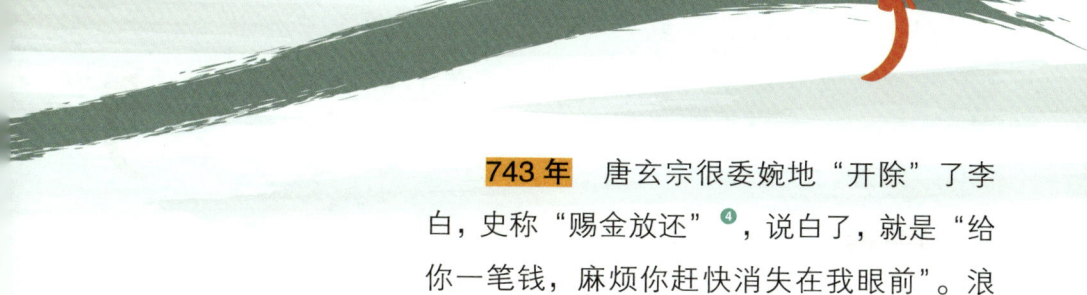

743 年 唐玄宗很委婉地"开除"了李白，史称"赐金放还"❹，说白了，就是"给你一笔钱，麻烦你赶快消失在我眼前"。浪漫多金却又官场失意的李大人又踏上了漫漫游历之路。

> 注释
>
> ❶ 蓬蒿人：草野之人，这里指没有当官的人。蓬、蒿都是草本植物，这里借指草野民间。
> ❷ 踌躇（chóu chú）满志：心满意足或十分得意的样子。满，满足；志，心意。
> ❸ 弄臣：古代宫廷中以插科打诨为君王消烦解闷的人物。
> ❹ 赐金放还：天宝二年（743 年）秋，李白写了许多表现怨忧失落的诗篇，如《玉阶怨》《怨歌行》等，这些作品触怒了唐玄宗。次年春天，唐玄宗赐其黄金让他离去，其实就是将他遣散了。

> 离开长安是迫不得已，这种政治失意直接影响到李白此后的创作。所幸他生性乐观，很快重启了朋友圈，还将这个圈子做大做强了。

744年 李白在洛阳偶遇杜甫。两人一拍即合，白天闲游找仙人，晚上秉烛谈国事。短短一年多，两次相约，三次会见。李杜的相识被称为诗歌史上"太阳与月亮的相遇"❶。

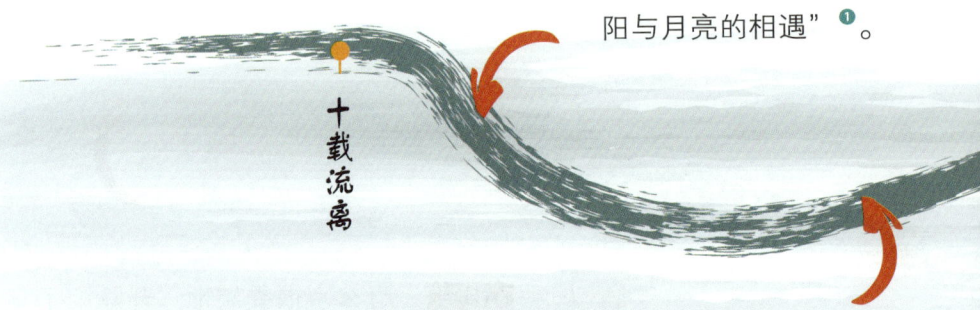

十载流离

747年 李邕遭人陷害，惨死于酷刑。李白百感交集，写诗悼念亡友，称其有"英风豪气"。

● 李白游历渝州时曾拜会李邕。李邕为人自负，李白年少轻狂，两人不欢而散。李白还写下"宣父犹能畏后生，丈夫未可轻年少"❷的诗句表达不满。不过狂士怼狂士，不打不相识，两人后来成了忘年之交。

注释

❶ 出自闻一多的《杜甫》，"青天里太阳与月亮走碰了头"。
❷ 宣父犹能畏后生，丈夫未可轻年少：孔圣人还说后生可畏，大丈夫可不能轻视年轻人啊！

如果说李白的大半生都活得潇洒随性，那么其人生的最后阶段则氤氲①着厚重苍凉的底色。

757年 安史之乱爆发后，壮志未酬的李白投身永王李璘帐下。

757年 唐肃宗以逆反之名镇压永王，李白受牵连入狱，终以叛乱等罪名被流放夜郎②。

759年 朝廷大赦③，流放途中的李白幸获自由，惊喜交加，写下了名篇《早发白帝城》。"两岸猿声啼不住，轻舟已过万重山"一句足见诗人轻松愉悦的心情。

报国蒙冤

762年 李白死于当涂（今安徽省马鞍山市当涂县），享年62岁。死因众说纷纭，一说因患肠胃疾病而死，一说因醉酒入水捞月而溺亡。人们更倾向于后者，这样的浪漫谢幕真的很李白！

> **注释**
>
> ❶ 氤氲（yīn yūn）：指湿热飘荡的云气，烟云弥漫的样子。也有"充满"的意思，形容烟或云气浓郁。
> ❷ 夜郎：西南地区。
> ❸ 大赦：古代帝王以施恩为名，赦免犯人。如在皇帝登基、更换年号、立皇后、立太子等情况下，常颁布赦令。

将进酒

君不见黄河之水天上来，奔流到海不复回。

君不见高堂明镜悲白发，朝如青丝暮成雪。

人生得意须尽欢，莫使金樽空对月。

天生我材必有用，千金散尽还复来。

烹羊宰牛且为乐，会须一饮三百杯。

岑夫子，丹丘生，将进酒，杯莫停。

与君歌一曲，请君为我倾耳听。

钟鼓馔玉不足贵，但愿长醉不复醒。

古来圣贤皆寂寞，惟有饮者留其名。

陈王昔时宴平乐，斗酒十千恣欢谑。

主人何为言少钱，径须沽取对君酌。

五花马、千金裘，呼儿将出换美酒，与尔同销万古愁。

将（qiāng）进酒：请饮酒。乐府古题。将，请。

君不见：乐府诗常用作提醒人语。　　天上来：黄河发源于青海，因那里地势极高，故称。

高堂：房屋的正室厅堂。　　青丝：形容柔软的黑发。

得意：适意高兴的时候。　　樽：酒杯。

会须：应当，应该。

岑夫子：岑勋，南阳人，李白好友。　　丹丘生：元丹丘，李白好友。

与君：给你们，为你们。　　君，指岑、元二人。

钟鼓馔（zhuàn）玉：形容富贵豪华的生活。钟鼓，鸣钟击鼓作乐。馔玉，美好的饮食。馔，吃喝。玉，像玉一样美好。

寂寞：指被世人冷落。

陈王：指曹植，因封于陈（今河南淮阳一带），死后谥"思"，世称陈王或陈思王。
宴：举行宴会。　　平乐（lè）：观名，汉明帝所建，在洛阳西门外，为汉代富豪显贵的娱乐场所。　　斗酒十千：一斗酒价值十千钱，极言酒的名贵。
恣欢谑（xuè）：尽情地娱乐欢饮。恣，放纵、无拘束。谑，玩笑。

何为：为什么。　　径须沽取：那就应该买了来。径须，干脆、只管。径，即、就。须，应当。沽，通"酤"，买或卖，这里指买。取，语助词，表示动作的进行。

五花马：指名贵的马。一说毛色作五花纹，一说颈上长毛修剪成五瓣。
裘：皮衣。　　尔：你。　　销：同"消"。

059

译文

你可见黄河水从天上流下来,波涛滚滚直奔向大海不回还。
你可见高堂明镜中苍苍白发,早上满头青丝晚上就如白雪。
人生得意时要尽情享受欢乐,不要让金杯空对皎洁的明月。
天造就了我成材必定会有用,即使散尽黄金也还会再得到。
煮羊宰牛姑且尽情享受欢乐,一气喝他三百杯也不要嫌多。
岑夫子啊,丹丘生啊,快喝酒啊,不要停啊。
我为在座各位朋友高歌一曲,请你们一定要侧耳细细倾听。
钟乐美食这样的富贵不稀罕,我愿永远沉醉酒中不愿清醒。
圣者仁人自古就寂然悄无声,只有那善饮的人才留下美名。
当年陈王曹植平乐观摆酒宴,一斗美酒值万钱他们开怀饮。
主人你为什么说钱已经不多,你尽管端酒来让我陪朋友喝。
管它名贵五花马还是狐皮裘,快叫侍儿拿去统统换成美酒,
与你同饮来消融这万古长愁。

创作背景

一般认为此诗是李白离开长安于漫游途中所作。此时距离他被"赐金放还"已有8年之久。其间,他多次应邀与岑勋❶到嵩山另一好友元丹丘❷的颍阳山居为客,三人登高饮宴,借酒放歌。诗人正值"抱用世之才而不遇合"之际,满腔不合时宜与不平之气借酒兴诗情得以抒发。

注释

❶ 岑勋:生平不详,多次出现在李白的诗作中,如《将进酒》中的"岑夫子"。
❷ 元丹丘:李白一生中最重要的交游人物之一。

大施点睛

痛快!

这首《将进酒》读来真是酣畅淋漓！**诗中交织着李白的失望与自信、悲愤与抗争，体现出诗人恣纵狂放的个性和洒脱豪迈的情怀。**全诗情感饱满，无论喜怒哀乐都犹如奔涌的江河不可遏止，时隔千年仍令读者为之震撼。那么诗人是如何营造这份浪漫与豪气的呢？

一是夸张手法的娴熟运用。"一饮三百杯""斗酒十千""五花马""千金裘"再搭配"万古愁"，巨额数字传递着豪迈的诗情；"黄河之水天上来"极言黄河水势不可挡，"朝如青丝暮成雪"极言人生短促，空间上的放大与时间上的缩短，两相对比，极度夸张。

二是跌宕起伏的情感表达。开篇两个"君不见"让人联想到青春易逝、良辰不再；然而，五六两句一个反转，由"悲"转作"欢""乐"，直到"杯莫停"，狂放之情趋于高潮；随后的"但愿长醉不复醒"又分明由狂放转为愤激；幸而马上又说回了酒，"主人为何言少钱"，情绪再次高涨。这样大开大合、酣畅淋漓的情感表达确实具有震动古今的气势与力量。

穿越时空谈技巧

> 畅所欲言的时刻到啦!

> 不愧是"诗仙",即使面对逆境,仍能展现出如此豪迈洒脱之态。

> 已经迫不及待地想要见到李白大人了!

> 哈哈!话不多说,我们现在就出发!

物换星移,时光倒流,欢迎来到繁花似锦的**盛唐时期**

> 这就是李白大人吗?果然是玉树临风、仙风道骨!

> 妥妥的"谪仙人"啊!

咦，三位天外来客居然也知道老夫这个别称？

正是。我们是来自21世纪的师徒三人。我带孩子们学习了您的大作《将进酒》，他们觉得只看文字不过瘾，还想一睹您的风采，而且想从您这里偷师一些做文章的技巧。

哦，老夫这即兴吟诵的长短句还能帮到你们写文章？

当然，帮了大忙啦！同学们，此前我们已经详细解读了《将进酒》，那么这句"人生得意须尽欢，莫使金樽空对月"适用于哪类作文主题呢？生活感悟、自然美景，还是文化建筑？

生活感悟吧！这句话是说，人生在世每逢得意之时，都应该尽情欢乐，千万不要让金杯空对皎洁的明月。

啊，这位小学子的眼光很敏锐啊！这是老夫劝诫好友尽享欢乐时光的祝酒词，人生苦短，就要尽情享受欢乐。

我们现实生活中的所思、所想、所感都可归入"生活感悟"主题，它们一般会以"面对困难""生活的感悟""这一天，我懂了××"等写作题目出现。书写此类主题时，同学们很易出现语言苍白、记流水账的情况。下面，我们就以"面对困难"为题，学习一下"一唱三叹"写作法。

一唱三叹？虽说在我们这个时代诗歌是可以吟唱的，但老夫还是很好奇这个"一唱三叹"要怎样应用在作文中呢？

"一唱"就是开篇引用诗人一句关于应对困难时的心态的诗句。想想刚学的《将进酒》，哪句是诗人面对困难时的内心写照？

天生我材必有用，千金散尽还复来。

就是这句！当时老夫相当郁闷，一心想着：即使被皇帝老儿赶出宫门，即使现在郁郁不得志，但上天造就的才干必定是有用处的，即使现在把钱财花光光也还会再得到。

真的很佩服李白大人，面对困难仍保持乐观，遭遇失败仍充满自信。

过奖过奖！还有"三叹"呢？

一叹困难起因，二叹困难经过，三叹困难结局。以《将进酒》为例：

困难起因——诗人入宫，藐视权贵，放荡不羁。

困难经过——这种性格得罪了诸多朝中重臣，最后皇上都不爽了，"赐金放还"了他。

困难结局——诗人没有消极应对，继续游历大好河山，寻找下一个报国的机会。

把"一唱三叹"应用到"面对困难"的作文里，不妨这样写：

他，不愧是"诗成泣鬼神"的诗仙，在郁郁不得志的人生低谷也能发出"天生我材必有用，千金散尽还复来"的感叹。

> 这里是"一唱"——注意啦，引用的就是和"面对困难"相关联的诗句哟！

天宝元年秋，李白因玉真公主推荐，得到唐玄宗的赏识，受诏入京。此时的他踌躇满志，带着满腔孤傲和一身热血走入宫门，想要一展宏图。

> "一叹"来了——困难起因。

可宫廷生活并不如他设想的那般惬意自由。由于李白过于恃才傲物又藐视权贵，得罪了不少当朝重臣，在政治上被排挤，备受打击。不能实现理想的他常常借饮酒发泄胸中郁积。唐玄宗见此情景，决定对其"赐金放还"。

> 这是"二叹"——困难经过。

面对生活的挫败与失意，李白没有一蹶不振，反而在和朋友们旷达畅饮之际，写下了《将进酒》这篇流传千古的佳作，表明了自信豁达的人生态度。

> "三叹"收尾——困难结局。

嗯嗯，如此写来不仅内容变得饱满了，行文逻辑也更有条理了！

果然有些意思。

趁热打铁！同学们何不以"这一天，我懂了××"为题，根据本章学习的内容再结合"一唱三叹"，创作一个属于你的精彩的片段？

没想到几千年后的娃儿们还是要做作业啊！小学子们，好好用功吧，愿你们个个"天生我材必有用"！老夫和友人约了喝酒，先走一步，后会有期！

浮云游子意，落日故人情。[1]

"诗仙"走好，有缘再见！

注释

[1] 译文：游子心思恰似天上浮云，夕阳余晖可比难舍友情。出自李白《送友人》。

妙笔生花绘文章

恭喜同学们，在和李白饮酒对月中体会了什么是潇洒快意，明白了什么是"一唱三叹"，了解了他的诗词可以应用在生活感悟的主题上。那么接下来，我们就来实践一下如何通过"一唱三叹"的手法更好地表达对生活的感悟！

【习作要求】

请以"这一天，我懂得了＿＿＿＿"为题，结合所学诗歌，合理运用本章所学的"一唱三叹"写作法，创作一篇600字左右的文章。要求符合题意，中心突出，内容充实，语言顺畅，没有语病，结构完整，条理清楚。

【行文框架】

为使大家能够更好地理解和赏析文章，大施老师对段落结构进行了拆分，通过思维导图让大家更清楚地了解一篇文章的结构和内容，一起跟着老师来分析一下吧！

这一天，我懂得了坚强

开头
- 内容：描写李白的精神让我懂得了坚强
- 作用：总领全文

正文 第一段
- 内容：李白创作《将进酒》的背景故事
- 技法：一唱三叹
- 作用：用具体事例表现李白的坚强豁达

正文 第二段
- 内容：李白遭到政治迫害但是依旧坚持创作
- 作用：体现了他的坚强

正文 第三段
- 内容：李白的各种诗词展现他的坚强洒脱
- 作用：利用排比，表达李白不同时期的人生态度

结尾
- 内容：表达作者对坚强的理解
- 作用：联系自身，升华主题

【范文赏析】

这一天，我懂得了坚强

小贴士：这段用诗句引出人物，引起读者阅读兴趣哦。

李白，不愧是"诗成泣鬼神"的诗仙，在郁郁不得志的人生低谷也能发出"天生我材必有用，千金散尽还复来"的感叹。从他身上，我懂得了坚强。

小技巧：这段和第一段，构成"一唱三叹"，用具体事例来展现李白坚强豁达的人生态度哦！

天宝元年秋，李白因玉真公主推荐，得到唐玄宗的赏识，受诏入京。此时的他踌躇满志，带着满腔孤傲和一身热血走入宫门，想要一展宏图。可宫廷生活并不如他设想的那般惬意自由。由于李白过于恃才傲物又蔑视权贵，得罪了不少当朝重臣，在政治上被排挤，备受打击。不能实现理想的他常常借饮酒发泄胸中郁积。唐玄宗见此情景，决定对其"赐金放还"。面对生活的挫败与失意，李白没有一蹶不振，反而在和友人旷达畅饮之际，写下了《将进酒》这篇流传千古的佳作，表明了自信豁达的人生态度。这一天，他懂得了坚强。

小贴士：每段结尾都有一句"这一天，他懂得了坚强"。紧扣主题，可以让文章更有层次哦！

李白曾经历国家动荡，也遭受过政治的迫害，多次流亡和被囚禁，但他从未放弃追求理想。他以笔为剑，用诗歌表达对社会不公的不满和对人民苦难的关怀。这一天，他懂得了坚强。

人生起伏不断，但李白豁达的人生态度全部融于自己的诗中。其中有"仰天大笑出门去，我辈岂是蓬蒿人"的壮志凌云；有"长风破浪会有时，直挂云帆济沧海"的坚韧；有"人生在世不称意，明朝散发弄扁舟"洒脱……正是由于坚持和努力，他的诗作得以流传至今，成为中国文化瑰宝。他的诗歌不仅表达了个人的感受和情感，更深刻地反映了社会和时代的变迁。正是这些困难使他成为历史上不朽的文化符号。

> 小窍门：利用排比手法，写出李白不同阶段的诗词来表达他每个时期的人生态度，可以展现学生积累的诗词素材，使文章更有文采哦！

　　坚强不是一种天赋，而是一种习得。我们每个人都会面临困境和挫折，只有坚强的人才能够战胜困难，实现自己的理想。正如李白那样，我们要相信自己的才华和激情，勇敢地面对挑战，永不放弃。让我们像李白一样，用坚强的意志和无尽的热情，创造属于自己的辉煌。这一天，我们懂得了坚强。

　　太棒啦！各位同学跟着大施老师赏析完这篇范文，是不是能更好地理解到"一唱三叹"的精妙之处了呢？那就要在之后写文章时好好利用起来哦！

　　下一个章节，大施老师将会带大家认识李白的好友，大器晚成的名臣兼边塞诗人——高适，他的人生经历了怎样的大起大落？他的诗词是在什么情境下创作出来的？快快随大施老师和弟子们去一探究竟吧！

高适

燕歌传天下 诗人之达者

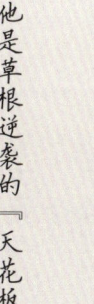

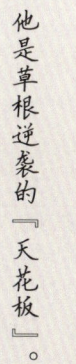

- 生卒年：704年—765年
- 字：达夫
- 出生地：今河北景县

- 他是草根逆袭的「天花板」。
- 前半生爬满了虱子，却将后半生织成了锦缎。
- 他文武兼备，上马是军人，下马是诗人。
- 比他多才的没他官做得大，比他官位高的没他有才华。
- 他就是乐观向上、大器晚成的「带刀诗人」——高适。

大施老师

干尘

秋意

文人登场

我是高适，本是将门之后，祖父高侃（kǎn）是战功赫赫的名将，只可惜父亲早逝，幼年时家道中落，甚至到了靠乞讨为生的地步。

不过莫欺少年穷，贫寒并不能冻结我满腔奔流的热血！我渴望继承祖风，文武兼修，以此报效家国、建功立业。

我一心追寻自己的"诗与远方"，一路向北，远到幽燕[①]，投奔时任幽州节度使的张守珪（guī）。可军旅生活与想象中全然不同，将领傲慢渎职，毫不体恤士兵。为此，我愤然提笔写下《燕歌行》，一举成名。

若把写诗作为一份职业，我也就是个兼职诗人，主业还是军人，打仗非常厉害，江湖人称"带刀诗人"。

都说"出名要趁早"，我中年才跻身官场，却进步神速，短短十几年就封侯拜相了。《旧唐书》评价我："有唐以来，诗人之达者，为适而已。"

摩诘❷欠缺几分气节，做过安禄山的伪职；太白❸凭凭性情为人，政治眼光不行；子美❹恃才傲物，只会空谈。纵观当时齐名的几位诗人，我的文采不是最出色的，却最能审时度势，终由潦倒的"乡野诗人"逆袭为"封疆大吏"。

我的前半生挺压抑的，可凭着积极向上的心态，硬是用一手烂牌打造出了顶配人生。成功虽迟，但总会到。所以，大家在任何时候都不要轻言放弃哦！

注释

❶ 幽燕：泛指今河北北部及北京、天津、辽宁全部和朝鲜大同江以北部分地区。上述地区唐代以前属幽州、战国时期属燕国，故有"幽燕"之称。
❷ 摩诘（jié）：王维，字摩诘。
❸ 太白：李白，字太白。
❹ 子美：杜甫，字子美。

高适大事记

高适最初拿到的人生剧本惨不忍睹：家徒四壁，没有稳定工作，在梁、宋两地以乞讨为生。很难想象，50岁之前的他就过着这样潦倒飘摇的日子。

潦倒飘摇日

704年 武则天执政的最后一年，高适出生。

723年 青年高适游历长安，后定居宋城，靠耕田、钓鱼以及偶尔行乞讨生活，日子虽苦，尚算惬意。

- 西游长安时，年少轻狂的高适自诩文武双全，原以为凭借祖荫能得到引荐，谁知"归来洛阳无负郭，东过梁宋非吾土"❶，一无所获。

730年 唐攻契丹之战 ❷ 暴发。已经26岁且不想再"摆烂"的高适闻讯异常兴奋，武将之后的血脉觉醒了。他决定弃农从戎，前往边疆，先后投奔李祎（yī）、张守珪，却不得重用，始终和机遇无缘。

● 几年的边塞生活让高适看到和之前完全不同的世界，苍茫辽阔的大漠、奋力拼杀的士兵，为他提供了不少灵感，也迎来了创作的高峰，《蓟门不遇王之涣郭密之因以留别》《真定即事奉赠韦使君二十八韵》《塞上》《蓟门行五首》等名作，都写于此时。

注释

❶ 译文：回到洛阳却没有半垄良田，东行梁宋这也不是我的故土。
❷ 唐攻契丹之战：在唐与契丹、奚等之战的中期，唐信安王李祎等为收复营州（治柳城，今辽宁朝阳），巩固东北边防，率军进攻举兵反唐的契丹牙官可突于的作战。

735年　32岁的高适决定回长安参加科考，"学成文武艺，货与帝王家"❶，管它是文是武呢，能为朝廷出力就行。然而现实又给他好好上了一课——没错，他落第❷了。

738年　幽州守将乌知义发动对奚和契丹的攻击，先胜后败，狼狈逃回。可作为统帅的幽州节度使张守珪却谎报军情，改战败为大捷，向朝廷邀功。高适为此愤然写下了名动一时的《燕歌行》。该诗不仅是他的"第一大篇"，且成为唐代边塞诗中的杰作。

744 年 高适遇到同游的李白、杜甫，三人一见如故，惺惺相惜，北涉燕赵，南去淮泗，往来于齐鲁之间，四处都留下了他们的欢声笑语。

747 年 高适和好兄弟董大久别重逢，分别之际写下《别董大二首》，一句"莫愁前路无知己，天下谁人不识君"响彻千古，成为赠友祝词中的典范。

749 年 高适得到张九皋❸的推举，"考编"成功，漂泊大半生后终于捧上了"铁饭碗"。上任后才发现组织分配的工作只是个芝麻官，毫无上升空间，还要被派去欺压百姓。忍无可忍的他选择"裸辞"❹。

注释

❶ 出自元朝无名氏写的杂剧《马陵道》。意思是，学文也罢，学武也罢，最终目的都是贡献给皇帝，为朝廷出力。货：卖给。
❷ 指科举考试应试中落选，通俗来说就是考试没及格。
❸ 张九皋：690—755 年，唐朝大臣，宰相张九龄之弟。
❹ 裸辞：指还没找好下一份工作就辞职，不考虑后路，意味着离开的决然。

高适50岁了，终于迎来人生的春天。都说"乱世出英雄"，安史之乱爆发后，高适也进入了事业的快车道。

十年达官路

752年 年近半百的高适通过毛遂自荐得到名将哥舒翰的赏识，心里美滋滋的。当时，他创作了大量塞外诗，为国家的强盛自豪不已。

756 年 安禄山和哥舒翰战于潼关，后者大败。高适随驾保护唐玄宗。为了自保也好，心有大义也罢，总之玄宗很是感动，当即给他升了官，令其讨伐永王李璘。

- 看到"永王李璘"是不是觉得很眼熟？没错，就是李白投靠的阵营。论才华，高适不是"诗仙"的对手；论政治眼光，却碾压李白。曾经同游梁宋的李白、杜甫、高适三人，在关键时刻走上了三条不同的人生道路。

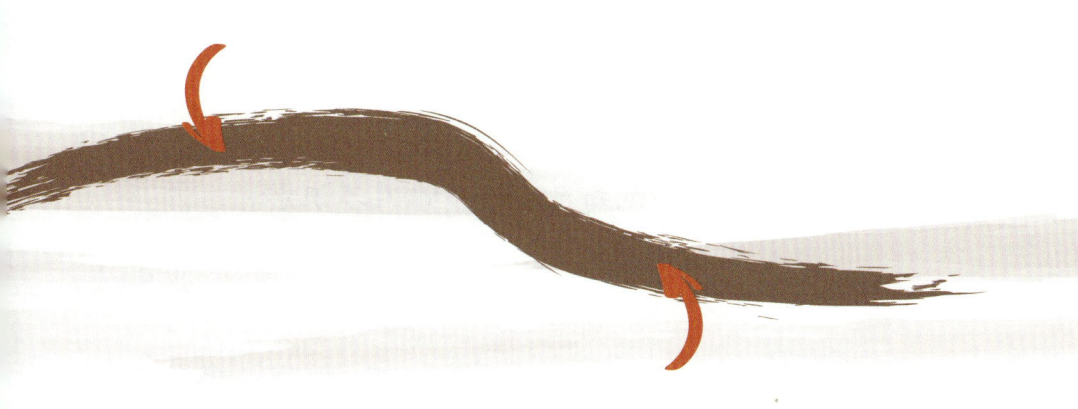

764 年 50 岁以后，高适的人生开了挂，一路高升，进封渤海县侯。

765 年 高适挂着一身光灿灿军功章驾鹤西游，享年 62 岁。

别董大二首

其一

千里黄云白日曛,北风吹雁雪纷纷。

莫愁前路无知己,天下谁人不识君。

其二

六翮飘飖私自怜,一离京洛十余年。

丈夫贫贱应未足,今日相逢无酒钱。

黄云：北方地区黄沙飞扬，天空常呈黄色，故称。　　白日曛（xūn）：太阳黯淡无光。曛，即曛黄，指夕阳西沉时的昏黄景色。

谁人：哪个人。　　君：你，这里指董大。

六翮（hé）飘飖（yáo）：比喻四处奔波而无结果。六翮，鸟翅上的大羽毛，喻指有志之士的非凡才智。翮，禽鸟羽毛中间的硬管，代指鸟翼。飘飖，飘动。
京洛：长安和洛阳，泛指国都。

译文

其一

千里黄云遮天蔽日，天气阴沉，
北风送走雁群又吹来纷扬大雪。
不要担心前路茫茫没有知己，
普天之下有谁不认识你呢？

其二

就像四处奔波的鸟自伤自怜，
离开京城已经十多年。
大丈夫谁又心甘情愿如此贫贱，
今日相逢却掏不出酒钱。

创作背景

这两首组诗写于747年，即诗人和好兄弟董大久别重逢，小聚后又要各奔东西之际。董大，名叫董庭兰，因在家中排行老大，称他董大。董大没读过什么书，自小到处游荡，做过乞丐，后来学习古琴，名声大噪，成了吏部尚书房琯❶的门客。747年春，房琯被贬，董大因此离开长安。高适此时40多岁了，仍然一无所有。许是同为天涯沦落人的缘故吧，两人相见自是感慨万千。

注释

❶ 房琯（guǎn）：697—763年，字次律，唐朝宰相，正谏大夫房融之子。喜好空谈，后被罢为太子少师。

大施点睛

第一首以景喻境,开导朋友。"千里黄云白日曛,北风吹雁雪纷纷"描写的是壮阔而又荒寒的北国风光:北风呼啸,日暮黄昏,纷飞大雪中只能看见大雁掠过。从这幅图景不难感受到诗人的宽广胸怀。事实也是如此,分别在即,高适振奋精神,满怀激情地鼓励朋友:普天之下有谁不知道你董庭兰呢?昂扬豪迈的激励和阔大的境界融为一体,情景相生。

第二首主要写诗人自己。朋友久别重逢,先是勾起诗人的回忆,感叹漂泊半生仍一无所有,寄托了怀才不遇的感慨。接着两句,诗人又用自我调侃的语气讲述眼前的困境:今天老友相逢,我连一盅酒钱都拿不出来。字句中既有不得志的愁绪和无奈,又有乐观豪迈的心态。

穿越时空谈技巧

> 这心态也是没谁了,难怪高适能一路逆袭,从无名小辈到位极人臣。

> 这文笔也是厉害了,不愧是边塞诗之翘楚!

> 感受到你们溢于言表的敬佩之情了。时光机准备就绪,咱们这就出发!

> 我们会直接穿越到大唐的茫茫边塞吗?好期待!

物换星移,时光倒流,欢迎来到欣欣向荣的**盛唐时期**

> 好冷!竟然真的到了"千里黄云白日曛,北风吹雁雪纷纷"的边疆。帐篷里那位正在查看地图的是不是高适大人?

> 何人?

高适大人！刀下留人！我们是来自未来的师徒三人，拜读您的《别董大》后，特意前来拜访！

未来？那你们是不是知道战事的走向，给老夫细细道来。

高大人，天机不可泄露！我们这次来主要还是想和您探讨一下写作方面的问题。

原来要以文会友。也好，那就请说说你们未来的人是怎么写作的吧！

通过前面的学习，同学们判断一下，最后一句"莫愁前路无知己，天下谁人不识君"适用于哪类作文主题呢？

自然是友情啊！高适大人和好兄弟董大久别重逢，小聚后又要离别，这句诗是对好友未来生活的真挚祝愿。

没错啊！老夫与董兄一别，转眼又是数年了！

我们的作文常会写到友情，但选材的时候往往千篇一律，抓着一个朋友反复写，难免缺乏新意。怎样才能找到新颖的素材呢？

这个问题真是一针见血！我们今天就以"友情"为主题学习一下"现实穿越"联想法吧！

怎么个穿越法？

现实穿越就是"讲述现实故事＋联想名家故事"。同学们在写与友情相关的作文时，肯定会选取一个和密友之间的故事吧？

没错。共同度过了某次难关，一起出游的美好经历，甚至可以是一场刻骨铭心的别离，就像高适大人和他的朋友一样。

说得好。我们今天的例文就可以选取"一场和朋友刻骨铭心的别离"。继续设想一下，当你最好的朋友要离开你去其他城市生活或者学习，你会是一种什么样的心情呢？

可能是伤心，可能是不舍……

此情此景是否会让你联想到《别董大二首》描述的画面呢？同学们可以试着描写一下。

我来试试看！

月台上催促高铁开动的提示音已经第三次响起，我们紧紧牵着的手却迟迟不愿放开。她是我生活中最好的朋友，也是我学习上最合拍的伙伴，这一别，不知何时才能相聚。

注意啦，这里千尘描写的就是和朋友分别的现实场景。

我接着来！
一刹那，我突然意识到历史总是循环往复地出现。在唐朝，也有这么一位诗人和我历经过相似的一场离别——他是高适。他在失意落魄时给自己即将离开的挚友董大留下"莫愁前路无知己，天下谁人不识君"的赠言。此时此刻，我也想将这句诗送给面前的她。希望她一帆风顺、前程似锦，而我也会把这份真挚的友情深深藏于心中。

由亲身经历联想到今天所学诗歌中关于友情的故事，结合古人典故和现实世界的相似之处，很难不写出情真意切的文字呢！

真没想到老夫的诗句在千百年后还能焕发出新的活力，欣慰欣慰！

> 虽然说天机不可泄露，但我们还是要将这句"莫愁前路无知己，天下谁人不识君"回赠给您，因为它简直就是为您量身定制。请相信，您的高光时刻就在不远之处……

> 哈哈哈，托你们吉言。"离魂莫惆怅，看取宝刀雄"❶！老夫自会在战场上闯荡出一番天地！小友们，再会！

> 高大人再会！

> 高大人再会！

注释

❶ 译文：离别时不要难过，就让宝刀来实现你的雄心壮志吧。出自高适《送李侍御赴安西》。

妙笔生花绘文章

拜会高大人之后，同学们是不是更能体会他和友人间的深厚情谊，更好理解莫愁前路无知己，天下谁人不识君的意境了呢？大施老师教的"讲述现实故事＋联想名家故事"的方法也是相当实用呢！接下来，我们就实战一下！

【习作要求】

当你最好的朋友要搬离你所在的城市去其他城市生活或者学习，你会是一种什么样的心情呢？请以"一场和朋友刻骨铭心的别离"为题，结合所学诗歌，合理运用本章所学的"讲述现实故事＋联想名家故事"的方法，创作一篇600字左右的文章。要求符合题意，中心突出，内容充实，语言顺畅，没有语病，结构完整，条理清楚。

【行文框架】

为使大家能够更好地理解和赏析文章，大施老师对段落结构进行了拆分，通过思维导图让大家更清楚地了解一篇文章的结构和内容，一起跟着老师来分析一下吧！

一场和朋友刻骨铭心的别离

开头
- 内容：对别离的理解
- 作用：因此下文

正文 第一段
- 内容：我和朋友分别的场景
- 技法：场景动作的神态描写
- 作用：表现我和小明的深厚感情，依依不舍

正文 第二段
- 内容：联系到高适和友人分别
- 技法："讲述现实故事＋联想名家故事"
- 作用：深刻表达我和友人分别的感情

正文 第三段 第四段
- 内容：两人分别之后又重逢
- 作用：场面描写展现出双方感情浓厚

结尾
- 内容：对我和小明的友谊的歌颂
- 作用：升华主题

【范文赏析】

一场和朋友刻骨铭心的别离

离别,是人生中必然要有的经历。当我们离开熟悉的环境,与亲爱的人分别时,心中总会涌起一股无法言喻的情感。离别带给我们的不仅是分离的痛苦,更是对珍贵时光的回忆以及对未来的期待……

我有一个非常好的朋友叫小艾。我们从小一起玩耍,一起上学,无话不谈。然而,小学五年级之后,她却要去另一个城市上学了。离别的日子还是来临了。那天,我和她走到学校门口,紧紧牵着的手却迟迟不想放开。她是我生活中最好的朋友,也是我学习上最合拍的伙伴,这一别,不知何时才能相聚。我不禁眼眶湿润,不愿看到她离去的背影。小艾走到我身边,轻轻拉住我的手,微笑着对我说:"朋友,不要担心,离别只是暂时的,我们还会再见的。"我点点头,却抑制不住泪水的涌动。

> 小提示:这段运用了动作场景描写,"牵着的手迟迟不想放开""眼眶湿润""拉住手""微笑""点头""摆摆手"等词语,表达了作者和好友离别时的依依不舍,表现了双方的深厚感情,引出"莫愁前路无知己,天下谁人不识君"的诗句,用以祝福友人。

一刹那,我突然意识到历史总是循环往复地出现。在唐朝,也有这么一位诗人和我历经过相似的一场离别——他是高适。他在失意落魄时给自己即将离开的挚友董大留下"莫愁前路无知己,天下谁人不识君"的赠言。此时此刻,我也想将这句诗送给面前的她。

> 小技巧:这段衔接上一段,联想到高适送别友人,构成"讲述现实故事+联想名家故事",可以更加深刻表现作者和友人的感情哦!

希望她一帆风顺、前程似锦，而我也会把这份真挚的友情深深藏于心中。

终于有一天，小艾给我打来电话，告诉我她要回来了。听到这个消息，我激动得难以言表。我急忙跑到火车站，迎接她的归来。当我看到小艾的时候，忍不住跑上前去，紧紧拥抱住她。此刻的我们，泪水在眼眶里流淌，彼此感受到了那份刻骨铭心的友谊。"朋友，我们终于又见面了！"我激动地说道。小艾微笑着点了点头，眼中闪烁着深深的感动。从那天开始，我和小艾的友谊更加坚固了。

小贴士：这段和第一段类似，运用场面描写，描绘了友人重逢的景象哦！

无论身在何处，只要我们心中有彼此，友谊就会长存。我会永远记住和小艾刻骨铭心的别离，因为它让我们的友谊更加坚定，更加美好。这份友谊将伴随我们一生，成为彼此成长路上最珍贵的财富。

小窍门：结尾点题，使文章回味无穷哦！

太棒啦！各位同学跟着大施老师赏析完这篇范文，以后写作离别类的文章时是不是更加得心应手了呢？那就要在之后写文章时好好利用起来哦！

下一个章节，大施老师会带大家拜会与"诗仙"齐名的**"诗圣"**杜甫，他的作品因何会被称为"诗史"？他的诗词又是什么风格？快快随大施老师和弟子们去一探究竟吧！

杜甫

从盛唐跌落乱世的忠君爱国者

生卒年： 712 年—770 年
字： 子美
号： 少陵野老
出生地： 今河南巩义

- 他，出身名门却遭逢家道中落，数次落榜，十年困顿。
- 他，一生忠君爱国，历经磨难初心不改。
- 从盛世到战乱，从中年到暮年，他以诗歌投身时代的洪流。
- 他的名字，在中国文学史上闪耀着最璀璨的光辉。
- 他，就是『诗圣』——杜甫。

大施老师

千尘

秋意

文人登场

我姓杜,名甫,字子美,自号少陵野老,"杜工部"是我,"杜少陵"也是我,后人亲切地称我"老杜"。

我被誉为最伟大的现实主义诗人❶,还得了个"诗圣"的称号。我的诗被称为"诗史"——承蒙大家厚爱了!

我至今留存了一千四百多首作品,比我的好朋友李白还要多。性格使然,我俩的创作风格、路线大不一样,你们更喜欢谁的诗?

西晋开国元勋杜预是我的远祖，也是我的偶像。我爷爷杜审言也是诗人。左拾遗❷是我做的最大官职了，就是给皇帝建言献策❸的人，当然他也不怎么听我的。

我和李白合称"李杜"。记住，是"大李杜"哦！"小李杜"是李商隐和杜牧。

我曾在四川成都生活了几年，现在那里建有纪念我的博物馆——"杜甫草堂"，里面收藏了很多关于我的资料，感兴趣的话，可以去走走看看。

没错，你们的课本里有很多我的作品，要求全文背诵哦！

注释

❶ 现实主义诗人：现实主义诗人是指诗歌创作中对自然生活做出准确描绘和体现的诗人。现实主义不注重想象的事情和画面，而主张认真观察万事万物的外表。杜甫的诗歌内容力求使事物和景物描写在外观、细节上符合实际生活的形态与面貌，故称为"现实主义"。

❷ 左拾遗：古代官职名，顾名思义，捡起（皇上）遗漏的东西（决策中的失误）。

❸ 建言献策：指陈述主张或意见，通过口头或文章提出有益的意见，出谋划策，进献计策。它可以是方针政策性的建议，也可以是一件具体的事。对杜甫而言，给皇上建言献策就是对皇上的行为或决定提出优化和修改的方法。

杜甫大事记

一提起杜甫，人们脑海里就浮现出一个苦哈哈、惨兮兮的老头儿形象，其实他出身官宦世家，家境不差。青少年时期，他登山涉水、高歌游猎，也曾像李白那样潇洒快意。

712 年 杜甫生于今河南省巩义市。7 岁就开始写诗，才思敏捷，出口成章，妥妥的"别人家的孩子"。20 岁左右，他开始四处漫游交友，过着文艺青年的浪漫生活。

读书壮游时

736 年 杜甫首次科举落榜。不过，这对自信傲娇且家境优渥的杜甫来说，也算不得什么打击。他继续优哉游哉游历大好河山。

- 李杜相遇，"醉眠秋共被，携手日同行"，感情好得不得了。杜甫被李白的风采所折服，成为他的头号"迷弟"，给他写了很多诗，流传下来的就有十几首，"笔落惊风雨，诗成泣鬼神""李白斗酒诗百篇"都是对偶像的赞誉。

杜甫参加科考，再度落榜。此时，父亲已逝，家道中落，失去经济来源的他饱尝生活艰辛，不得不为生计和理想四处奔走，却苦无门路。他的思想和创作也随之发生变化。

困居长安城

747年 唐玄宗召集人才到京中参加选拔考试，李林甫被任命为主考官。他嫉贤妒能，没有录取一个人，还跟玄宗说：天下贤士都已被招至朝廷，民间没有遗漏的了。杜甫亦在应试者中，入仕报国的梦想再次破灭。

- 科举不成，杜甫开始四处推销自己，却接连碰壁。困居长安多年后，他终以《三大礼赋》[1]引起唐玄宗的注意，获得候补官员的资格；又等了多年，才得到一个从八品的小官。

注释

[1] 三大礼赋：指杜甫的《朝献太清宫赋》《朝享太庙赋》和《有事于南郊赋》三篇赋作。

> 深陷离乱的杜甫不得不面对接踵而来的流亡、被俘、升官、被贬……人生的境遇苦不堪言。该时期成为他的人生转折点，也是创作的分水岭。

755 年末 杜甫安顿好家人，独自投奔因战乱出逃的皇帝，结果被叛军俘虏，押解长安，关了近一年。

人逢离乱苦

757 年 从叛军营意外逃脱的杜甫历经千辛万苦，见到皇帝时，脚上蹬着麻鞋，衣袖破旧得都遮不住手肘。"国难识忠臣"，皇上很感动，给了他左拾遗的官职。职位不高，却可以直接进谏了。但没多久，他就因触怒龙颜被贬。

- 杜甫触景生情，写下了名篇《春望》，"国破山河在，城春草木深""烽火连三月，家书抵万金"的浓烈情感动人心魄。"三吏""三别"❶也是同期写下的。诗人用纪实的方式记录社会状况，这也是杜诗被称为"诗史"的原因。

辞官后的杜甫，带着家人从甘肃出发，落脚成都。其后又经历了更为颠沛流离的晚年，最终为人生画上了惨淡的句号。

漂泊天地间

759 年 杜甫和家人经过半年跋涉，到达天府之国。

• 在好友严武等人的帮助下，杜甫接受了检校工部员外郎❷这一闲职，修建了草堂。"好雨知时节，当春乃发生""黄寺娘家花满蹊，千朵万朵压枝低"等明快的诗句就诞生在这一时期。老杜不光会写沉重的诗句，小清新的文字也是信手拈来。

注释

❶ "三吏""三别"：三吏，即《新安吏》《石壕吏》《潼关吏》；三别，即《新婚别》《无家别》《垂老别》。这些作品深刻地揭示了战争给人民带来的痛苦，表达了作者对百姓的同情。
❷ 检校工部员外郎：是一种虚衔，当时杜甫在严武的幕府中任职参谋。

761年 一场狂风卷起屋顶的茅草，杜甫写下了《茅屋为秋风所破歌》，"安得广厦千万间，大庇天下寒士俱欢颜"。这样忧国忧民的情怀，今天读来还是让人感动。

763年 历时8年的安史之乱终于平定。杜甫写下快意之作《闻官军收河南河北》，用"剑外忽传收蓟北，初闻涕泪满衣裳"表达喜极而泣的心情。"两个黄鹂鸣翠柳，一行白鹭上青天"这样生机盎然的诗句也作于此时。

765年 好友严武去世，加之蜀中大乱，杜甫选择离开成都。途中，他写下"飘飘何所似，天地一沙鸥"联想他从中年开始的困顿漂泊的人生，真令人唏嘘不已。

770冬 贫病交加的老杜在湘江的一条小舟上去世。

诗词殿堂

望 岳

岱宗夫如何，齐鲁青未了。

造化钟神秀，阴阳割昏晓。

荡胸生曾云，决眦入归鸟。

会当凌绝顶，一览众山小。

岱宗：泰山也叫岱山或岱岳，五岳之首，在今山东省泰安市城北。古代以泰山为五岳之首，诸山所宗，故又称"岱宗"。　　夫（fú）：语气词，强调疑问语气。　　如何：怎么样。　　齐鲁：古代齐鲁两国以泰山为界，齐国在泰山北，鲁国在泰山南。　　青：指苍翠、翠绿的美好山色。　　未了：不尽，不断。

造化：大自然。　　钟：聚集。　　神秀：天地之灵气，神奇秀美。　　阴阳：阴指山的北面，阳指山的南面。　　割：分。　　昏晓：黄昏和早晨。极言泰山之高，山南山北因之判若清晓与黄昏，明暗迥然不同。

荡胸：心胸摇荡。　　曾：同"层"，重叠。　　决眦（zì）：眼眶（几乎）要裂开。眦，眼眶。极力睁大眼睛远望归鸟入山，眼眶几乎要裂开。

会当：终当，定要。　　凌：登上。　　绝顶：最高峰。　　小：形容词的意动用法，意思为"以……为小，认为……小"。

译文

东岳这个地方的泰山，是有着怎样的美景呢？走出齐鲁，山色仍然历历在目。

大自然的景观是如此的神奇，汇聚千种美景，山南山北，分出清晨黄昏。

层层白云仿佛在我胸中摇荡；翩翩归鸟，飞入赏景眼圈。

我一定要登上泰山顶峰，俯下身看看群山豪情满怀。

创作背景

这是杜甫人生第一阶段的代表作。24岁的他第一次参加科举考试，出乎意料地落榜了。但他一点也不放在心上，继续游山玩水，过着潇洒的生活。此诗写于诗人北游齐、赵（今河南、河北、山东等地）时，是现存杜诗中年代最早的一首，字里行间洋溢着青年杜甫蓬勃的朝气，其抱负和理想亦含蕴其中。全诗开阔明朗、气势雄浑。悄悄告诉大家一个小秘密，这首诗还被后人刻石为碑立于泰山之上呢！

大施点睛

这首诗通过描绘泰山的胜景，表达了作者对祖国河山的赞美。全诗构思精巧，遣词造句十分巧妙。比如，不直接写泰山之高，而用"齐鲁青未了"写出了遥望泰山之感，以距离之远衬托山的高大。比如用"阴阳割昏晓"来展现泰山主宰的力量，增加泰山的气魄。这首杜甫早年的诗词，也侧面展现了他"语不惊人死不休"的特质。

"致君尧舜上，再使风俗淳"，辅助君王使其超越尧舜，要使社会风尚变得敦厚朴淳，这一直是杜甫的理想。他一生仕途坎坷，年轻时也曾怀揣雄心壮志。从《望岳》一诗中，就可窥见一斑。读完这首诗，大家有没有被其中的情感打动？

雄伟磅礴的泰山，神奇秀美的景色，俯视一切的雄心，让读者透过景与情，看到了一幅壮丽的景观。"会当凌绝顶，一览众山小"，写出了作者不满足于"望岳"而是想登山的心情，他展望将来自己登顶的场景，也是在展现自己的理想和抱负。

穿越时空谈技巧

读完《望岳》,大家是不是看到一个不一样的老杜?

想不到诗风向来严肃沉郁的杜甫,竟然也有这样豪情万丈的时刻。

《望岳》是杜甫读书壮游时的代表作。看来,年轻时的"诗圣"和我们印象中的固化形象差别很大呢!

人呢,都是立体的,想全面了解一个人,就不能只看他的一面。今天,为师就带你们登上时光机,拜访一下年轻时的杜甫,领略一下他不同的风采吧!

物换星移,时光倒流,欢迎来到如日中天的 **盛唐时期**

看到了吗?那个右手拿笔、左手执壶之人,就是杜甫。

一边喝酒一边作诗，好酷啊！

看三位的言行举止，我猜你们也是穿越时光远道而来的客人？

想必阁下接待过很多像我们这样的天外来客，所以见怪不怪了？

嘿——很多谈不上，反正不是第一次了。

您是文学史上的丰碑人物，想要一睹您风采的人肯定少不了。言归正传，我们在课上刚刚学习了《望岳》这首诗，正想讨论一下大家最喜欢其中的哪一句呢？

大家都知道，我是"语不惊人死不休"的，所以每一句都是我的最爱。但我觉得你们大概会选"会当凌绝顶，一览众山小"。

> 既然"诗圣"都这么说了,我们就来分析一下,"会当凌绝顶,一览众山小"适用于哪类作文主题呢?孝顺父母类?青春梦想类?还是读书学习类?

> 你们上的是作文课?

> 没错,我们的教学目标就是教会学生怎样把古体诗融入作文写作中。

> 不介意的话,在下也想加入你们的课堂。

> 不胜荣幸啊!

> 老师,我来回答您的问题。"会当凌绝顶,一览众山小"显然适用于青春梦想类的作文主题。

> 没错!少年人就应该抱有这样的志气。

我们先来看一下诗句的翻译,"我一定要登上泰山顶峰,俯下身看看群山豪情满怀",由此可知诗人想表达的是登上泰山的梦想与雄心壮志哟!"青春梦想"主题是同学们在写作中频繁遇见的一大难题,针对这类主题,我介绍一个写作技法——"三脉神剑"写作法。

三脉神剑?我只听说过金庸笔下的"六脉神剑","三脉神剑"会更厉害吗?

哈哈,为师现在就把这套绝学传授给你们。记住下面的公式:

三脉神剑 = 引用诗句 + 描述人物 + 点明主题。

先说引用诗句。俗话说"好的开头是成功的一半",想要让作文显得有文采,必须学会引用和作文主题相对应的诗句放在文章开篇,让阅卷老师眼前一亮:"哇,这个学生积累也太丰富了!居然能在短时间内找到和主题对应的诗句!"

再说描述人物。苦于作文没有素材?不知道写什么?别担心,"诗圣"的大事记就是绝佳的写作素材,描述相关联人物的故事就是在丰富作文内容,人物描述好了,作文就充实了起来!

最后点明主题。注意啦!注意啦!这一步是为了防止写作时陷入偏题的险境。要知道,就算语言再精彩,没有扣题只能算"无效写作"——也就是拿最低的辛苦分啦……

老师，讲了这么多，快让我们见识见识"三脉神剑"的合并效果吧！

在下也想看看，这些诗句和你们的"三脉神剑"会有怎样珠联璧合的效果。

话不多说，上例子！
当这句"会当凌绝顶，一览众山小"一次又一次地浮现眼底，

引用诗句——注意啦，这里引用的就是和"青春梦想"主题关联的诗句哟！

我的眼前仿佛出现一个身着翩翩白衣，用春风覆盖脸面的你。你的脚步里透着轻狂，举止中饱含壮志。令你昂扬的不是书香门第的出身，而是对建功立业的向往。

描述画面——这里开始描绘青春年少时的杜甫的精神面貌。

于是，在我心目中，"青春"与"追梦"两个词悄悄跟定了你。

点明主题——在段落的最后要用"青春"和"追梦"强调主题。

哇，老师的例子一来，我立刻见识到了"三脉神剑"的威力！

既然你们领悟到了这种写作技法的精髓，那就布置一个题目，请以"我的未来不是梦"为题，结合所学诗歌，合理运用本章所学的"三脉神剑"写作法，创作出属于你的精彩写作段落吧！

看着大家笔下的自己，在下又觉得豪情万丈了。嗯，得赶快再作两首诗，把这个情绪记录下来。你们觉得"检书烧烛短，看剑引杯长"❶这句如何？

嘿，又是意兴勃发的一句，自有心雄万夫的气概！阁下诗兴正浓，我们就不打扰了，后会有期。

"诗圣"再见！

注释

❶ 译文：烧烛检书，奇文共赏，疑义相析；看剑饮杯，激起我满腔的壮志豪情。出自杜甫《夜宴左氏庄》。

妙笔生花绘文章

恭喜同学们！通过穿越时光我们积累了许多关于杜甫生平的素材，学习了他的代表诗歌，还掌握了"三脉神剑"写作法。那么接下来，就一起来赏析一下将杜甫的人生故事、诗歌作品与写作方法熔为一炉的经典范文吧！

【习作要求】

请以"我的未来不是梦"为题，结合所学诗歌，突出"青春""梦想"两个关键词，合理运用本章所学的"三脉神剑"写作法，创作一篇600字左右的文章。要求符合题意，中心突出，内容充实，语言顺畅，没有语病，结构完整，条理清楚。

【行文框架】

为使大家能够更好地理解和赏析文章，大施老师对段落结构进行了拆分，通过思维导图让大家更清楚地了解一篇文章的结构和内容，一起跟着老师来分析一下吧！

我的未来不是梦

开头
- 内容：杜甫诗句和追梦青春结合，第一次扣题
- 技法：三脉神剑开头法
- 作用：引用诗句开头，激发读者阅读兴趣

正文 第一段
- 内容：描述杜甫青中老年时期的经历和心境
- 技法：第二人称视角叙述，减少距离感
- 作用：借历史人物的经历丰富主题思想

  - 青年时期：雄心壮志（会当凌绝顶，一览众山小）
  - 中年时期：仕途不顺（朱门酒肉臭，路有冻死骨）
  - 晚年时期：困顿漂泊（安得广厦千万间，大庇天下寒士俱欢颜）

正文 第二段
- 内容：表达自己对青春追梦的理解
- 技法：承上启下

结尾
- 内容：结合自身实际，表达青春如何追梦
- 技法：排山倒海
- 作用：排比加解释更好抒发爱国情感

【范文赏析】

我的未来不是梦

当这句"会当凌绝顶，一览众山小"一次又一次地浮现眼底，我的眼前仿佛出现一个身着翩翩白衣，用春风覆盖脸面的你。你的脚步里透着轻狂，举止中饱含壮志。令你昂扬的不是书香门第的出身，而是对建功立业的向往。于是，在我心目中，"青春"与"追梦"两个词悄悄跟定了你……

小窍门：开头记得引用大施老师教给你的"三脉神剑"，会让文章增色不少哦！

你的脚步轻盈而自信，举止中透露出一种超越常人的勇气和豪迈。你深刻明白青春是短暂而宝贵的，不愿将它浪费在平庸和安逸中。因此，你下定决心在关键时期一定要做出一番伟大的事业。于是，在十几岁的年纪刻苦读书，游历祖国的大好河山，彼时的你**快意潇洒**，**文采斐然**，登临泰山顶峰时挥笔写下"会当凌绝顶，一览众山小"作为人生座右铭。可惜，徒有满腔热血却多次科举失利，入仕报国的梦想破灭……安史之乱爆发，你眼见着百姓流离失所，妻离子散，豪门持续**奢靡**，一股浓烈的悲愤冲上心头，化作一声声呐喊："朱门酒肉臭，路有冻死骨""国破山河在，城春草木深""烽火连三月，家书抵万金"……晚年光景，经历了半生**蹉跎**，你来到天府之国，这时的你

小技巧：第二人称的叙述方式会拉近读者和诗人的距离哦，同学们赶紧学起来。这段引用杜甫三个阶段的诗词来描述人物的境遇和人物对梦想的追逐。

已经放弃梦想了吗？不，并没有！反而更加坚定地为劳苦百姓发声："安得广厦千万间，大庇天下寒士俱欢颜"，宁愿自身受冻挨饿，也希望百姓能够富足欢颜！你虽一生不得志，但你的名字——杜甫，将会铭刻在后人心中……

当今时代，机会与竞争同在。我们身处一个充满机遇和变革的时代，面对着众多困难和挑战。然而，正是因为有了这些困难和挑战，我们才有了成长的机会，才能展现出自己的能力和价值。青春是燃烧的火焰，追梦是不灭的信念。在这个过程中，我们要像杜甫一样，时刻保持对梦想的热忱和追求的动力。用青春的热血和汗水书写属于自己的故事，如此，我的未来才不是一场空梦！相信梦想，相信未来，我们定能攀登属于自己的高峰，站在巅峰一览众山小！

小贴士：这段结合自身实际，表达自己的青春应该如何追梦，要注意首尾呼应，对应主题哦！

太棒啦！各位同学跟着大施老师看完这篇范文，是不是不仅学习到了好词好句，还参透了"三脉神剑"的用法了呢？

下一个章节，大施老师将会带同学们走近一位少年天才，被称为"诗鬼"的李贺，他的人生经历又将是怎样的跌宕起伏？他的千古名篇又适合怎样的创作主题呢？快快随大施老师和弟子们去一探究竟吧！

李贺

从天降神童到吟诗成『鬼』

生卒年： 790 年—816 年
字： 长吉
出生地： 今河南宜阳

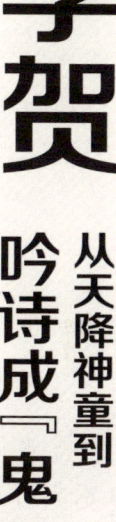

- 他年少成名，诗文令大文豪韩愈折服不已。
- 他文采斐然，创作了大量脍炙人口的杰作。
- 他内心强大，身处困境亦能坚守初心。
- 他脆弱渺小，面对不公的命运却无计可施。
- 他，就是『诗鬼』——李贺。

大施老师

千尘

秋意

文人登场

我叫李贺，字长吉，活得却一点都不长，只有短短27年，算是英年早逝了。

虽然走得早，我却拥有令人过目不忘的长相。晚唐同行李商隐为我作传，这样形容："长吉细瘦，通眉，长指爪。"奇怪未曾谋面，他怎么知道我是这种长期营养不良的面容？

我的身体确实不怎么好，还不到18岁头发就开始白了。但不用为我忧伤，"失之东隅，收之桑榆"！

我的诗作想象力丰富，常借神话传说、鬼怪异事等来托古寓今，被冠以"诗鬼"之称，诗文自然就是"鬼仙之辞"。

我不在乎颜值，也坦然接受孱弱❶的体质，天赐的创作力让我自觉很富足，7岁已能写出让人惊艳的诗歌，还擅长疾书❷，在中唐诗坛颇有些才名，与李白、李商隐并称"唐代三李"。

我家是大唐宗室大郑王李亮的后裔，也算是血统高贵，但到了父亲李晋肃这代已是"落难的凤凰"，传到我这里与庶民无异。但我的精神依然高贵，志向依然高远。

注释

❶ 孱（chán）弱：指身体瘦小、虚弱。
❷ 疾书：相当于今天的速记。

李贺大事记

再苦不能苦孩子,再穷不能穷教育。家道中落,李晋肃却从未放松对儿子的教育。幼年时期,李贺已饱读诗书,对诗词创作兴趣浓厚。

808—809年 李贺之名已传遍大江南北,并以一首《雁门太守行》获得韩愈的青睐。李贺自我感觉良好,深信借由韩老师的推荐可一展宏图,可世事往往不遂人愿。

天赋异禀 年少成名

796年 相传李贺7岁这年,韩愈❶、皇甫湜❷造访。小李执笔写就《高轩过》一诗,两位前辈大吃一惊,"我今垂翅附冥鸿,他日不羞蛇做龙"一句尽显不同凡响的少年抱负。神童诗人从此名扬京洛❸。

• 青少年时期,李贺常于日出之际骑着毛驴,背个破锦囊,离家四处游走。一路上,他仔细观察周边景物,思考如何把它们写入诗文。灵感乍现时,便将之记在小本本儿上,投入锦囊。晚上回家,再把白天的笔记整理成文,投入另一个锦囊。母亲见状,总会万分心疼道:"是儿当要呕出心乃已尔!"没错,成语"呕心沥血"中的"呕心"的原型就是李贺。

韩愈建议李贺参加科考，彼时唯有举进士入朝才算出人头地。韩老师的态度很明白：我很看好你，但还是靠自己吧！李贺恃才[4]无畏，认真备考。

810年 初冬，21岁的李贺参加河南府试，作《河南府试十二月乐词并闰月》，一举获隽[5]，即赴长安应进士举。此时却曝出科举史上臭名昭著的"大无语事件"：有妒才者放出流言，说李贺之父名"晋肃"，"晋"与"进"同音，嫌名[6]要避讳，因而李贺不得举进士。韩愈竭力为其辩解，终是一场徒劳，李贺不得不愤离试院，更因此与科举终生绝缘。

有志难酬 遭谗落第

注释

① 韩愈：唐代古文运动的倡导者，被后人尊为"唐宋八大家"之首，与柳宗元并称"韩柳"，有"文章巨公"和"百代文宗"之名。后人将其与柳宗元、欧阳修和苏轼合称"千古文章四大家"。他提出的"文道合一""气盛言宜""务去陈言""文从字顺"等散文的写作理论，对后人很有指导意义。有《韩昌黎集》传世。

② 皇甫湜：唐朝时期大臣，宰相王涯外甥，师从韩愈，倡导古文运动，也是引发"牛李党争"的人物之一。

③ 京洛：本为专用名词，原指"京城洛阳"，因洛阳从夏代起频繁作为都城，历十三代都会，后代多有沿用，后成为洛阳的别称。

④ 恃（shì）才：恃，有依赖、依靠或矜持之意。恃才，指仰仗才华。

⑤ 获隽（jùn）：会试得中，泛指科举考试得中。

⑥ 嫌名：与人姓名字音相近的字。

808 年 通过考试改变命运的路被堵死，李贺只好另辟蹊径。凭借李唐宗室后裔的背景以及韩愈的力荐，经由宗人❶荐引，他通过一场内部小考被任命为奉礼郎❷。

● 为官三年，李贺深切感受到现实的无奈与官场的黑暗，越发能清醒地看待人生、敏锐地观察社会，挥笔创作了许多反映现实的诗篇。既然无力改变现实，他便放任思绪在鬼神的世界里肆意驰骋，通过描绘阴冷的"鬼域"抒发沉闷的心情，化身"诗鬼"。

> 对才子而言，没有比怀才不遇更让人绝望的事了。但到李贺这里，还有绝望中的绝望，就是才华尚在，但人没了。

814年 李贺不愿再在毫无前途的岗位上虚耗生命，主动离职，也离开了长安这个伤心地。

● 中唐后期，内乱愈演愈烈，外夷❸虎视眈眈，李贺胸中的英雄情结蠢蠢欲动，写下"男儿何不带吴钩，收取关山五十州"的热血宣言。在潞州张彻的荐举下，李贺做了三年的幕僚，为昭义军节度使郗士美的军队服务，帮办公文。

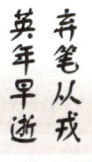

弃笔从戎
英年早逝

816年 北方分裂势力猖獗，郗士美讨叛无功，告病到洛阳休养，张彻也回到长安。"男儿何不带吴钩"的梦想破灭了，心力交瘁的李贺只能强撑病躯回到故乡，很快就离开了这荒凉的人世。

注释

❶ 宗人：同族之人，这里指李姓皇室宗亲。
❷ 奉礼郎：唐代官名，属太常寺，职掌朝会、祭祀时君臣版位之次及赞导跪拜礼节，从九品。
❸ 外夷：指外族，也指外国或外国人。

雁门太守行

黑云压城城欲摧,甲光向日金鳞开。

角声满天秋色里,塞上燕脂凝夜紫。

半卷红旗临易水,霜重鼓寒声不起。

报君黄金台上意,提携玉龙为君死。

雁门太守行：古乐府曲调名。雁门，郡名。古雁门郡大约在今山西省西北部，是唐王朝与北方突厥部族的边境地带。行，歌行，一种诗歌体裁。

黑云：此形容战争烟尘铺天盖地，弥漫在边城附近，气氛十分紧张。　城欲摧：城墙仿佛就要坍塌。摧，毁。　　甲光：铠甲迎着太阳闪出的光。甲，指铠甲，战衣。　　向日：一作"向月"。　　金鳞：形容铠甲闪光如金色鱼鳞。这句形容敌军兵临城下的紧张气氛和危急形势。

角：古代军中一种吹奏乐器，多用兽角制成，也是古代军中的号角。"塞上"句：长城附近多紫色泥土，所以叫做"紫塞"。　　燕脂，即胭脂，深红色。　　凝夜紫，在暮色中呈现出暗紫色。凝，凝聚。这里写夕阳掩映下，塞土有如胭脂凝成，紫色更显得浓艳。一说"燕脂""夜紫"皆形容战场血迹，此句意为边塞上将士的血迹在寒夜中凝为紫色。

临：逼近，到，临近。　　易水：河名，大清河上源支流，源出今河北省易县，向东南流入大清河。易水距塞上尚远，此借荆轲故事以言悲壮之意。战国时荆轲前往刺秦王，燕太子丹及众人送至易水边，荆轲慷慨而歌："风萧萧兮易水寒，壮士一去兮不复还！"　　"霜重"句：一作"霜重鼓声寒不起"。霜重鼓寒，天寒霜降，战鼓声沉闷而不响亮。　　声不起，形容鼓声低沉。

报：报答。　　黄金台：故址在今河北省易县东南，相传战国燕昭王所筑。《战国策·燕策》载燕昭王求士，筑高台，置黄金于其上，广招天下人才。意：信任，重用。　　玉龙：宝剑的代称。传说晋代雷焕曾得玉匣，内藏二剑，后入水化为龙。　　君：君王。

译文

敌军如黑云压城，城墙像要塌陷；盔甲映着日光，像金鳞一般闪亮。

号角的声音在秋色里响彻天空，塞上将士的血迹在寒夜中凝为紫色。

寒风半卷红旗，轻骑驰向易水边；天寒霜气凝重，战鼓声低沉不起。

为报答国君招纳重用贤才的诚意，挥舞着利剑甘愿为君王血战到死！

创作背景

一般认为此诗写于李贺17岁。《唐语林》中载：一日，韩愈送完客人准备小憩，李贺上门求举荐，并将诗集交于门人代为呈上。读到《雁门太守行》时，韩老师瞬间困意全无，速命人将李贺请进府内。根据相关记载和传说推测，此诗反映的可能是朝廷与藩镇之间的战争，而李贺生活的时代正值藩镇叛乱此伏彼起之际。

大施点睛

读毕全诗,同学们觉不觉得李贺不仅文采飞扬,还很有美学造诣?

细品前六句,大家都看出了几种颜色?是不是有"黑云""金鳞""燕脂""夜紫""红旗"……我们极少看到描写战斗场面时会用到浓艳的色彩,诗人偏偏不走寻常路,几乎句句浓墨重彩。他就像一位高明的画家,先以云之黑为基色,反衬出战士铠甲的金光,彰显了他们视死如归的决心。接着点明战争发生的时节,"秋色"多指与秋时相应的颜色,即白色,和首句的"黑云"形成鲜明对比,在视觉上给人强烈的冲击。厮杀过后,战士的鲜血凝结成紫色,又与"半卷红旗"成为对照,配合"风萧萧兮易水寒"的背景旋律,战争的悲音直击读者的耳膜。声与色相互映衬,令悲剧性的气氛更加强烈,撼动人心。

用异彩纷呈的视觉效果来烘托战争的惨烈和牺牲的悲壮也是相当奇诡了,能选择这样清奇的视角,恐怕也就是怀揣鬼才的李贺了吧!

穿越时空谈技巧

同学们,赏读完这首《雁门太守行》,你们最大的感受是什么?

我觉得李贺的文笔一点没受体弱多病的影响,反而充满勃勃生机。你们看,他对颜色的把握是多么精准,将如此浩大的战争场面用颜色进行串联,实在是——

剑走偏锋,是不是?

对对,就是这种感觉。妙就妙在诗人很会用自然景观来营造气氛,而景观描写恰恰是我的老大难问题,头疼!

嘿,速效止疼丸来啦!快快登上时光机,调整好时间刻度,这就去拜访一下"诗鬼"本鬼吧!听听李贺是怎么玩转自然景观的。

物换星移,时光倒流,欢迎来到暗涌浮动的**中唐时期**

如果我没猜错,书桌旁奋笔疾书的那位公子正是年轻的李长吉吧!

是哪位？咦，三位来客如此面生，像是远道而来……

李公子，叨扰了。我们是来自21世纪的师生三人，因读了您的名篇《雁门太守行》拜服不已，特地穿越时空向您求教写作技巧，望不吝赐教！

难以置信，在下的拙作竟然流传了这么久？

是呀是呀，而且老有名了，我们正打算把您的名句用在作文里呢！不过最感兴趣的还是您如何会想到把战争描摹成色彩斑斓的画卷的？

啊，这个呀——其实都在"借势"二字！战争没有美感，直接写太血腥，若改用景物烘托会含蓄一些，减少读者的生理不适，表现力度却只增不减。

我们干脆就以"乌云"为描绘对象，学习一个有关写景的描写大招吧——叫作"五步成章"写作法。

这个厉害啊!在下只记得曹子建[1]要七步才能成诗,你们五步就可以成章吗?

且听我细细道来!

第一步:加量词——就成了一团团乌云;

第二步:加颜色——就成了一团团玄青色的乌云;

第三步:加动词——就成了一团团玄青色的乌云急剧地翻卷咆哮着;

第四步:加修辞——就成了一团团玄青色的乌云急剧地翻卷咆哮着,从最高的北山的顶峰上俯冲下来,立刻化身为一群迅猛的野兽,在沿途之上,把吓呆了的山谷,挣扎着的森林,哭泣着的野花,惊慌失措的鸟儿,统统吞进肚里。

第五步:加诗句——最后是一团团玄青色的乌云急剧地翻卷咆哮着,从最高的北山的顶峰上俯冲下来,立刻化身为一群迅猛的野兽,在沿途之上,把吓呆了的山谷,挣扎着的森林,哭泣着的野花,惊慌失措的鸟儿,统统吞进肚里,颇有一种李贺笔下的"黑云压城城欲摧"之感。

啊——居然看到了拙作中的诗句!从没想过在下这孱弱之躯还能帮到千余年后的孩子们写文章,承蒙错爱啊!

注释

[1] 曹子建:指曹植。

李公子，虽然我们现在不写古体诗了，但在中国文学领域，古体诗仍占据举足轻重的地位，借用一二会让今人的文章尽显格调，是写好作文的一大法宝啊！

我们正是通过学习品鉴了您的这首名作，才体会到了借自然景观造势来描写重大场面的妙处。

使用"五步成章"写作法时，确实可以借鉴这首《雁门太守行》。那么我们趁热打铁，就以"暴雨"为题，根据"五步成章"写作法并结合之前所学的诗歌，创作出属于你的精彩段落吧！

在下不才，突然想到还写过"石破天惊逗秋雨""斜山柏风雨如啸"这样关于暴雨的诗句，希望可以帮到你们哦！

多谢李公子！我们的时间也不多了，就叨扰到此，要保重身体，后会有期啦！

"少年心事当拏云"，大家一起共勉！

妙笔生花绘文章

通过与李公子的会面，同学们已经掌握了他描绘画面的方法。那么接下来，我们就一起来赏析一下如何通过"五步成章"的手法来展现生动细致、富有张力的场景吧！

【习作要求】

请以"暴雨"为题，结合所学诗歌，合理运用本章所学的"五步成章"写作法，创作一篇600字左右的文章。要求符合题意，中心突出，内容充实，语言顺畅，没有语病，结构完整，条理清楚。

【行文框架】

为使大家能够更好地理解和赏析文章，大施老师对段落结构进行了拆分，通过思维导图让大家更清楚地了解一篇文章的结构和内容，一起跟着老师来分析一下吧！

暴 雨

开头
- 内容：结合"黑云压城城欲摧"简写暴雨中的景象
- 作用：总领全文

正文 第一段……第五段
- 内容：描写大雨来临前到结束的全过程
- 技法：五步成章、时间顺序描写
- 作用：按照时间顺序描写，使文章更有层次，描写暴雨更加生动，富有张力

  - 暴雨来临前：气氛压抑沉闷
  - 刚开始下雨时：声音角度描写雨势变大
  - 暴风骤雨时：侧面描写，花儿、绿草、云朵、河流等意象的样子，突出雨的狂暴
  - 雨过天晴时：一切恢复平静和美丽

结尾
- 内容：感受到大自然的魅力
- 作用：总结全文，升华主题

【范文赏析】

暴 雨

暴雨，如同一幅恢宏的画卷，在苍穹之上徐徐展开。当"山雨欲来风满楼"的时刻降临，大自然的神力被展现得淋漓尽致。

乌云密布，天空如同被一层黑纱覆盖。原本明媚的阳光被遮挡，一切都笼罩在灰蒙蒙的暗影之中。风吹来时带着湿润的气息，人们不禁浑身一紧。空气中弥漫着一种沉闷的氛围，仿佛暴雨即将倾盆而下。

> 小贴士：这段描写了暴雨来临前的压抑氛围。

大雨泼墨般纷纷扬扬地洒落，天地之间都被一层厚重的水幕所笼罩。水滴撞击到大地的每一个角落，发出清脆的声响。屋顶上的瓦片被雨点拍打得嘭嘭作响，仿佛是大自然在用力敲打着大地的门扉。狂风呼啸而过，树枝摇摆，似乎随时都可能被风吹断。街道上猛烈的雨水汹涌而来，将地面冲刷得湿滑不堪，行走变得困难重重。

> 小贴士：这段从声音角度描写出雨势逐渐变大的情景。

河水汹涌澎湃，奔流不息。原本平静的河面瞬间变得波涛汹涌，仿佛一只被释放出来的狂躁巨兽。河岸两旁的植被也随着雨水的注入而焕发出勃勃生机。各种绿植在雨水的滋润下显得翠绿欣欣，花朵也在雨水的洗礼中绽放出绚烂的色彩。

> 小贴士：这段从色彩角度描写出暴雨影响下的绿草、鲜花的姿态，更富有画面感哦！

窗外的景色也被暴雨渲染成一幅斑斓的画卷。一团团玄青色的乌云急剧地翻卷咆哮着，从最高的北山的顶峰上俯冲下来，立刻化身为一群迅猛的野兽，在沿途之上，把吓呆了的山谷、挣扎着的森林、哭泣着的野花、惊慌失措的鸟儿，统统吞进肚里，颇有一种李贺笔下的"黑云压城城欲摧"之感。大自然的力量展示出无穷的威力，而我们只能静静地感受着这一切。

小技巧：这段运用"五步成章"，描绘暴雨景象更有动感和身临其境的感觉哦。

　　暴雨过后，大地恢复宁静。阳光透过云层洒在大地上，水滴在树叶上闪烁着晶莹的光芒。雨后的空气清新而湿润，仿佛洗尽了尘埃，让人心旷神怡。虽然暴雨给人们带来了不便和痛苦，却也展现了大自然的神奇与美丽，让我们对生命和自然充满敬畏之情。

　　暴雨，如同大自然的一次狂舞，呈现出了美丽而壮观的景色，让人感受到大自然的力量和神秘，也深刻地意识到人类与自然之间的微弱差距，让我们珍爱每一次与大自然的邂逅，感受生命的脆弱与美好。

小窍门：倒数第二段写暴雨结束，大地恢复宁静；结尾总结升华全文，通过暴雨感受到大自然的魅力，将人和自然进行对比。

　　太棒啦！同学们跟着大施老师赏析完这篇范文，是不是发现"五步成章"在写景的时候特别好用？

　　下一个章节，大家将随着大施老师一起来到南唐时期，去认识一下帝王**李煜**！在他的时代诗词又呈现着怎样的风格呢？快快随大施老师和弟子们去一探究竟吧！

李煜

从亡国之君到千古词帝

生卒年： 937年—978年
原名： 从嘉
字： 重光
出生地： 今江苏南京

- 他无心政治，谁知命运弄人，还是做了帝王。
- 他性格懦弱，倒也爱护百姓，将南唐政权延续了十五年之久。
- 他沉迷艺术，享尽奢华，也为此付出了巨额代价。
- 他继承花间词派，也超越了花间词派，为宋词定下了基调。
- 他是亡国之君，也是千古词帝。
- 他，就是拥有错位人生的南唐后主——李煜。

大施老师
千尘
秋意

文人登场

我是李煜，原名李从嘉，南唐末代君主。我有着不俗的面容，丰额骈齿、一目双瞳，现在看来当然不算帅哥，但在古代这可是与舜帝、项羽撞脸的帝王之相啊！

可能因为面相，太子哥哥对我始终充满忌惮。为此，我低调做人与诗词歌赋为伍，还起了"钟山隐士"这样的号，以表明与世无争。

除了帝王，让我做什么都行，我全身满满都是艺术细胞。琴、棋、书、画、诗、酒、花样样精通，由擅作词，基本就是"独孤求败"的水平。

我的词作继承了花间派的一些传统，也受到父亲李璟❶、老师冯延巳❷的影响，语言明快生动、用情真挚、直抒胸臆。王国维先生赞我："词至李后主而眼界始大，感慨遂深，遂变伶工之词而为士大夫之词。"❸嘘——低调低调！

爱妻大周后[4]和我一样是音乐发烧友，无意中得了《霓裳羽衣曲》的残谱，一起补齐了失传两百年的曲谱，这成就，必须载入史册！

被迫做了帝王后，我也真心为百姓着想，做了一些实事，比如重视选拔人才的公正公平，减免税收、免除徭役，与民生息。

很多人说我的结局是"不作死，就不会死"。怎么说呢，一个亡国之君还有什么不能失去的？再给我一次机会，我还是会写"问君能有几多愁？恰似一江春水向东流"。诗词是我的寄托，也是我的归宿。

人们说是我引领了宋词的蓬勃发展。对此，我觉得有点讽刺，也有点得意。或许这是我作为南国臣虏为"敌人"做的最大贡献吧！

注释

❶ 李璟：916—961年，初名徐景通、徐瑶（李瑶），字伯玉，徐州彭城县（今江苏省徐州市）人，生于升州（今江苏省南京市），唐烈祖李昪（biàn）长子，南唐第二位皇帝。后因受到后周威胁，削去帝号，改称国主，史称南唐中主。

❷ 冯延巳：903—960年，字正中，一字仲杰。五代十国时期著名词人、宰相。仕于南唐烈祖、中主二朝，三度拜相，官终太子太傅，卒谥忠肃。

❸ 意思是：词到了李煜那里眼界才开始变阔大，感慨逐渐加深，慢慢地由乐师戏子的词变成士大夫的词。

❹ 大周后：周娥皇（936—965年），南唐司徒周宗长女，19岁时入宫为妃，得到后主李煜恩宠。李煜继位后，册封其为国后。

143

李煜大事记

> 李煜从小就乐做富贵闲人，所作之词虽有流水账之嫌，但胜在清新脱俗，已看得出天才之光。

937年 七夕这天，李煜呱呱落地，排行老六，父皇李璟给他取名从嘉，还将侍读先生冯延巳给他当老师。

年少隐逸

- 四个哥哥早夭后，从嘉一跃成了老二，又因帝王之相受到长兄李弘冀的猜忌。为了自保，从嘉做起神隐少年，只作"一壶酒，一竿身，快活如侬有几人"❶ "花满渚，酒满瓯，万顷波中得自由"❷这样的诗词，表明自己志在山水，无意争位。

注释

❶ 译文：身边一壶美酒，手中一支钓竿，世上这样自由快乐的人有几个？出自李煜《渔父·浪花有意千里雪》。

❷ 译文：时而举起酒壶，看着沙洲上的春花，在万顷水面上心满意足地品着美酒，何等潇洒自在。出自李煜《渔父·一棹春风一叶舟》。

南唐早期的国土面积较大，后期国力衰微，李煜接手时，已经风雨飘摇，徒留残山剩水。北宋兴起后，社会趋于统一，五代十国❶的分裂状态即将结束。

意外称帝

959 年 太子李弘冀千算万算，没算到自己短命。从嘉自郑王徙封吴王。大臣钟谟认为从嘉为人懦弱，绝非帝王之才。"护犊子"的李璟听后震怒，借口把钟谟贬职流放了。

961 年 24 岁的李从嘉"被迫"在金陵登基，李璟为其改名李煜，"煜"有光明照耀之意。可见，他很看好这个儿子。

注释

❶ 唐朝末期战乱频发，社会衰败，藩镇割据（就是各个军队之间互相打仗、占领土地，兼并政权）现象严重，唐朝灭亡后，出现了后梁、后唐、后晋、后汉和后周五个朝代，称五代；还有包括前蜀、后蜀在内的十个政权，称十国，即五代十国。

> 为了保全南唐，李煜对北宋处处认怂，年年进贡各种财物，每逢北宋有重大活动，也及时送去厚礼，多次表达臣服之意。

963年末 李煜上表北宋朝廷，请求罢黜诏书的不名之礼❶，改为直呼姓名，未获许可。看人脸色并不耽误李煜歌舞升平的奢靡生活，"晚妆初了明肌雪，春殿嫔娥鱼贯列"❷就是他的宫廷日常。

奉宋正朔

971年 宋太祖灭了南唐的邻国南汉，李煜赶忙去除唐号，改称"江南国主"，并派弟弟从善向宋朝贡，太祖却扣留了来使。李煜忧心如焚，整日悲歌不已。

注释

❶ 李煜尊奉宋廷，所以宋对南唐的诏书不直呼李煜的名讳。
❷ 译文：妃嫔宫女们画好了晚妆，一个肌肤似雪，明媚动人，她们鱼贯而入，准备在春殿之上一展自己的美丽和才华。出自李煜《玉楼春·晚妆初了明肌雪》。
❸ 大意是自己的床怎么能让他人占去一半，而呼呼大睡？比喻捍卫自己的利益，不容许他人侵占。出自李焘《续资治通鉴长编·太祖开宝八年》。
❹ 译文：炉里的香烟随风轻轻摆动，闲绕着香炉上的凤凰绘饰。但见她愁容满面拿着罗带，回首往事只觉仇恨绵绵。出自李煜《临江仙·樱桃落尽春归去》。
❺ 出自李煜《破阵子·四十年来家国》。

> 李煜作为臣虏入宋，被软禁在汴京，诗词方面却有了质的飞升，一首《虞美人·春花秋月何时了》更是奠定了其千古词帝的地位。

978年 身在异乡的李煜已濒临崩溃的边缘，写出杰作《虞美人·春花秋月何时了》。这首绝唱将他推上千古词帝的宝座，也将他推向地狱。据说宋太祖听闻这首词，赐了一杯毒酒，终结了李煜多彩亦多舛的一生。这天也是七月初七。生于七夕，死于七夕，既巧也悲。

国破人亡

975年 北宋昼夜攻城，金陵米粮匮乏，死者无数。李煜两次派人给北宋送去钱物，求宋缓兵，宋太祖却回："卧榻之侧，岂容他人鼾睡。"❸ 其间，李煜写下了表达江山危殆、美人憔悴的哀怨词——"炉香闲袅凤凰儿，空持罗带，回首恨依依"❹。12月，金陵失守，正值大雨，李煜肉袒出降，见到陪行的宫女，忍不住"垂泪对宫娥"❺。

● 南唐亡国，李煜被俘至汴京。宋太祖因其曾守城相拒，故作讽刺，封他"违命侯"。从此，李煜对故土的思念再未停过，整个人都快自闭了。

> 诗词殿堂

相见欢·无言独上西楼

无言独上西楼,月如钩。

寂寞梧桐深院锁清秋。

剪不断,理还乱,是离愁。

别是一般滋味在心头。

锁清秋：深深被秋色所笼罩。清秋，一作深秋。

离愁：指去国之愁。

别是一般：一作"一种意味"、另作"别是一番"。别是，一作别有。

译文

孤独的人默默无语，独自一人缓缓登上西楼。仰望天空，残月如钩。梧桐树寂寞地孤立院中，幽深的庭院被笼罩在清冷凄凉的秋色之中。

那剪也剪不断、理也理不清，让人心乱如麻的，正是亡国的愁苦。这样的离异思念之愁，而今在心头上却又是另一番不同的滋味。

创作背景

975年，宋灭南唐。李煜被软禁于汴京，过起了囚徒生活。这个时期李煜的词作多为怀念故国的离愁别绪，沉郁哀婉，感人至深。这首《相见欢·无言独上西楼》便是极具代表性的一篇。

大施点睛

开篇即引入画面。词人用"无言"的神态描写和"独上"的动作描写表达了凄冷、寂寥、孤苦的心情。"残月""梧桐""深院""清秋",无不渲染着凄凉的境况,反映出词人内心的孤寂之情,上片的写景为下片的抒情做了铺垫。"剪不断,理还乱"须尤其注意,这里运用了比喻的修辞手法,将缠绕在心头的离愁喻为丝线,丝线犹可整理、剪断,愁丝却纷乱无尽,理不清、剪不断,将抽象的愁丝具象化,读来更能引发共鸣。当然,已是阶下囚的词人,江山没了,荣华散了,阅尽人间冷暖、世态炎凉,本是南朝天子,如今却为北地之囚,这滋味还真"别是一般",难以言喻,无人通晓。

虞美人·春花秋月何时了

春花秋月何时了，往事知多少？

小楼昨夜又东风，故国不堪回首月明中。

雕栏玉砌应犹在，只是朱颜改。

问君能有几多愁？恰似一江春水向东流。

了：了结，完结。

故国：指南唐故都金陵（今江苏南京）。

雕栏玉砌：雕花的栏杆和玉石砌成的台阶，这里泛指南唐宫殿。阑：栏。砌，台阶。　应犹：依然。　朱颜改：指所怀念的人已衰老，暗指亡国。朱颜，红颜，年轻的容颜，指美人。一说泛指人。

君：作者自称。　能：都，那，还，却。

译文

春花秋月的美好时光什么时候结束的，以前的事情还记得多少！昨夜小楼上又吹来了春风，在这皓月当空的夜晚怎能忍受得了回忆故国的伤痛。

精雕细刻的栏杆、玉石砌成的台阶应该都还在，只是所怀念的人已衰老。要问我心中有多少哀愁，就像那滚滚东流的春江之水没有尽头。

创作背景

这首词作于978年，被视为李煜的绝命之作，当时他幽禁于汴京已近三年。相传，李煜七月初七生日当晚在住处命歌姬作乐吟唱此词，宋太宗听闻便派秦王赵廷美赐毒酒将之毒毙。宋太宗一直对李煜心存怀疑，这首词刚好成为将其杀之而后快的理由。

大施点睛

词人眼看着春花开了又开，秋月圆了又圆，岁月更替，美景犹在，可自己的囚徒生活何时能结束呢？昨夜又吹起春风，又字表明此情此景已不是第一次出现，词人的囚禁生活过了至少一年，在月夜，南唐故国"不堪"回忆。金陵宫殿里精雕细琢的栏杆、玉石堆砌的台阶还在，红粉佳人却已经衰老。而最后的"问君能有几多愁"属于设问，引出后面将愁比作"一江春水"的写作手法，使抽象的愁顿时立体流动起来，而且声势浩大、源源不断，比喻力度与深度非同一般。全词以问句开头，以答句结尾，愁思贯穿全篇，极具感染力和文学价值。

穿越时空谈技巧

> 读完李煜的《相见欢》和《虞美人》,大家是不是也"别是一般滋味在心头"?

> 难怪王国维老师对他的评价这么高,这样的词作凄美感人,读来跌宕起伏!亡国的悲愤愁苦已经顺着词句翻涌至读者心底。我想我可能和李后主共情了……

> 我也很同情这位南唐后主。不过,可怜之人必有可恨之处,谁让他只顾着宫中宴饮作乐、荒废朝政呢?

> 大家的学习热情很是高涨,别急,我们干脆拜访一下南唐后主,看看这位才子是怎么看待自己的荣辱得失吧?

物换星移,时光倒流,欢迎来到北宋初兴的**汴京城**

> 哇,这里……好热闹啊!杯中美酒、盘中佳肴,还有佳人弹奏,好不快活!这样的囚徒生活也很惬意啊!

同学们快看，那位举杯浅酌、身着华服的人不正是李后主？

咦？三位看起来如此面生……也罢，来了就是客，陪在下这个江南落魄主喝上一杯吧！

从嘉先生，我们是来自21世纪的师徒三人。我的两位弟子还小，尚不能饮酒，还请见谅。我们这次穿越时空而来，是专门向您请教写作技法的。

那就以茶代酒吧！唉，"一旦归为臣虏，沈腰潘鬓消磨"[1]。一个阶下囚还有什么值得请教的？这世间最无用的便是舞文弄墨！

先生切切不可妄自菲薄。今天我们不谈政治，只说文学。后人评价您的词作"粗服乱头，不掩国色"，艺术上完全不讲求雕琢装饰，却难掩美感。词中很多口语式的运用，也不借助兴象、隐喻的抒情，只让人觉得直截了当、坦荡率真、痛快淋漓。其中"剪不断，理还乱，是离愁"和"问君能有几多愁？恰似一江春水向东流"将愁绪写得空前绝后。

注释

[1] 译文：自从做了俘虏，心中忧思难解，已是憔悴消瘦，两鬓斑白。出自李煜《破阵子·四十年来家国》。

> 《虞美人》这篇不久前才写就，你们就知道了？看来庭院深锁也挡不住你们对我的关注啊！

> 同学们，你们可知这两句用了什么修辞手法？

> 比喻！把愁思比作丝线；把愁绪比作一江春水。

> 第二句还用了设问！

> 优秀哦！而且还将抽象比喻为具象，让读者看得见、摸得着，这样更能打动人心。写作中，若想让作文摆脱平淡，变得有文采，比喻是最省时有效的修辞方法。

> 想不到，亡国之君的碎碎念还能派上用场——啊！我的愁苦好似减轻了一些。

您的词作起了大作用呢！身为君王，词作的表达却很接地气，您或许想象不到，后人都在引用、学习您的词呢！我们还从您的词中提炼出了写作文的高能技巧——"原来是你"写作法。

原来是你？听起来好浪漫啊！

哈哈，且听为师细细道来。先记住下面的公式哦：

"原来是你" = 巧用比喻

即化抽象为具体。比喻是最基本的一种修辞手法，即以甲事物来比拟乙事物。通俗地说，就是打比方，根据联想，抓住不同事物的相似之处，用跟甲事物有相似点的乙事物来描写或说明甲事物，用浅显、具体、生动的事物来代替抽象、难理解的事物。形式上，它具有本体、喻体和比喻词三个成分。举例说明更形象一些：

叶子（本体）出水很高，像（喻词）亭亭的舞女的裙（喻体）。——朱自清《荷塘月色》

母亲啊！你（本体）是荷叶（喻体），我（本体）是红莲（喻体）。——冰心《荷叶·母亲》

原来这种写法叫作"比喻"啊!

是的呀!古来有之,只是今人对其进行了总结,冠以专业名称。用比喻来对某事物的特征进行描绘和渲染,可以使语言生动形象,还能将深刻、抽象的道理浅显、具体地表达出来,引发读者联想和想象,给人以鲜明深刻的印象,并使语言文采斐然,富有很强的感染力。

老师,快让我们见识见识实际效果吧!

话不多说,比喻来喽!
幸福(本体)是(喻词)一只淘气的小鸟(喻体),当我左顾右盼、苦苦寻觅它的时候,殊不知她已悄悄落在我的肩头。用心去感悟,你就会发现幸福这只飞鸟并没有远在云端,而是近在身旁,近得甚至可以数清它身上一根一根的翎毛。这种幸福可真是"别是一番滋味在心头"呀!

↖ 化抽象的幸福为具体的飞鸟,生动形象地写出幸福其实一直在身边,并且引用今天我们学习的词句,让词句替我们表达心情。

哇，看得我都感到幸福了呢！

先生能感到欣慰，就太好了。同学们，在你们眼中幸福是什么样子呢？它有什么特征呢？选定一个喻体，用"原来是你"写作法将它描写出来吧！

这就去写！

临别在即，我等不才，赠先生一句：天下大势，分久必合，合久必分。请不要过于哀伤沮丧，既然逝事不可追，那就用须臾的时光让自己舒心一点吧！

"世事漫随流水，算来一梦浮生。"❶但愿你们回到未来只记得我词中的美好，忘记悲伤！

注释

❶ 译文：人世间的事情，如同东逝的流水，一去不返，想一想我这一生，就像大梦一场。出自李煜《乌夜啼·昨夜风兼雨》。

妙笔生花绘文章

结束了与李后主的宫宴,同学们是不是能够体会"问君能有几多愁?恰似一江春水向东流"的怅然,也悟到了大施老师的浪漫绝招——"原来是你"。接下来,我们再好好认识一下这个"原来是你"!

【习作要求】

同学们,你们眼中幸福是什么样子?它有什么特征呢?选定一个喻体,用"原来是你"写作法将它描写出来吧!请以"我眼中的幸福"为题,创作一篇600字左右的文章。要求符合题意,中心突出,内容充实,语言顺畅,没有语病,结构完整,条理清楚。

【行文框架】

为使大家能够更好地理解和赏析文章,大施老师对段落结构进行了拆分,通过思维导图让大家更清楚地了解一篇文章的结构和内容,一起跟着老师来分析一下吧!

我眼中的幸福

开头
- 内容：幸福比作小鸟，幸福就在身边
- 技法：原来是你
- 作用：运用比喻，写出幸福的样子

正文
第一段
第二段
第三段
- 内容：描写在我眼里幸福的三重定义
- 作用：点出幸福的表现，什么会让人幸福
  - 幸福是一种感觉
  - 幸福是一种选择
  - 幸福是一种责任

结尾
- 内容：做到以上这些就可以得到幸福
- 作用：总结全文，升华主题

【范文赏析】

我眼中的幸福

世界上，每个人都在追求幸福。幸福是一只淘气的小鸟，当我左顾右盼、苦苦寻觅它的时候，殊不知它已悄悄落在我的肩头。用心去感悟，你就会发现幸福这只飞鸟并没有远在云端，而是近在身旁，近得甚至可以数清它身上一根一根的翎毛。这种幸福可真是"别是一番滋味在心头"呀！

> 小技巧：这段运用"原来是你"！表达幸福就在身边。

对我而言，幸福是一种感觉，是一种内心的满足和安宁。它并不是外在物质的堆砌，而是内心的平和与宁静。当你在忙碌的生活中，能够找到一份让自己感到充实的工作，那么你就拥有了幸福；当你在寒冷的冬天里，能够和家人围坐在炉火旁，品尝热腾腾的美食，那么你就拥有了幸福；当你在孤独的时候，能够有朋友陪伴在身边，给你鼓励和支持，那么你就拥有了幸福。

> 小窍门：运用排比句，点出在不同的情景下幸福的表现是什么，呼应开头第一句"幸福是一种感觉"，让人有带入感哦！

幸福是一种选择。我们可以选择抱怨生活的不公，也可以选择珍惜眼前的一切；我们可以选择沉浸在过去的悲伤中，也可以选择勇敢地面对未来的挑战。当我们帮助别人解决问题时，会感受到一种成就感；当我们关心他人时，会收获到真挚的友谊。这种付出让我们的生活变得更加丰富多彩，也让我们更加珍惜自

> 小窍门：同理，运用排比句点出选择什么会让我们变得幸福，呼应开头第一句"幸福是一种选择"，这样格式更工整哦！

己所拥有的一切。

幸福是一种责任。作为一个人，我们要对自己的生活负责，对家人负责，对社会负责。当我们承担起这些责任时，我们会发现自己的生活变得更加有意义。我们会更加珍惜与家人相处的时光，更加努力地工作，以便给家人提供更好的生活条件。同时，我们还会关注社会的发展，尽自己一份力量去推动社会的进步。这种责任感让我们的生活变得更加充实，也让我们更加接近幸福。

总之，幸福是一种感觉，一种选择，一种付出，也是一种责任。只有当我们学会珍惜眼前的一切，学会感恩生活给予我们的一切，学会为他人付出，学会承担起自己的责任时，幸福之鸟才会盘旋在你身边！

> 小技巧：最后一段总结上述段落的中心句，做到这些我们就能获得真正的幸福，升华主题。

太棒啦！同学们跟着大施老师赏析完这篇范文，是不是觉得写幸福类的作文似乎也没有那么困难了？

下一章，我们一起去认识一下中国文学史上另一个灿烂时代——宋朝的文人们，首先就是才华横溢，桃李满天下的"醉翁" 欧阳修！看他如何慧眼识珠，提携了哪些赫赫有名的后辈？他的词作是沉郁的，抑或柔美的？快快随大施老师和弟子们去一探究竟吧！

欧阳修

桃李满天下的伯乐才子

生卒年： 1007年—1072年
字： 永叔
号： 醉翁
出生地： 今四川绵阳

- 他出身草根，却能实现底层逆袭，连中三元。
- 他生性自由，追求独树一帜，复兴古文，变革文风。
- 他独具慧眼，大胆用人，是有宋一朝的首席伯乐。
- 他仕途坎坷，三遭贬谪，终在文学的桃源寿终正寝。
- 他，就是「醉能同其乐，醒能述以文者」——「醉翁」欧阳修。

大施老师

千尘

秋意

文人登场

老夫欧阳修，字永叔，生于绵州（今四川绵阳）。父亲欧阳观晚来得子有了我，不过有点太晚了，我刚满4岁，他老人家就撒手人寰，留下我和母亲郑氏相依为命。

我娘可不是寻常女子，虽然家道中落，不得不寄叔叔欧阳晔之篱下，却从未放弃对我的教育，你们熟知的"画荻教子"[1]中的主角就是我们母子。

比起名字，"醉翁"这个号更加脍炙人口，是因为《醉翁亭记》深入人心吗？其实写文章时我才39岁，距离"翁"的年纪尚早，奈何宦海浮沉熬白了头发，加之"饮少辄醉[2]，而年又最高，故自号曰醉翁也"。

至于别号"六一居士"真和儿童节没半毛钱关系。我家有藏书一万卷、金石遗文一千卷、琴一张、棋一局、酒一壶，再加上老翁我一个，刚好凑成六个"一"，不就是"六一"了——完美！

我出道比较早，算是少年得意。科举史上能连中三元者凤毛麟角，难怪都说我是"别人家的孩子"。但我内心深爱韩愈的质朴文风，只是为了出人头地，才迎合骈文❸的应试写法。能把不喜欢的事做到极致，是不是也算一种能力？

我不但能挖掘自己的天赋，还有做"星探"的潜质。凭借一双慧眼发现了不少千里马，大名鼎鼎的苏轼就是我力荐的，此外还有苏辙、曾巩、张载、程颢……这么说吧，我捧谁，谁就火！

我的为文宗旨是"言之有物，平易自然"，一味追求格式工整或辞藻华丽，只能写出假大空的东西。既然让我做礼部主考官，那就要彻底变革当朝文风：凡是书写太学体❹、骈文的考生，一概不予录用。

开创了一代文风的我，得以跻身中国古代文学顶流天团"唐宋八大家"，并有幸与偶像韩愈、前辈柳宗元、得意门生苏轼合称"千古文章四大家"；史学方面，主修了《新唐书》，并独撰《新五代史》，有《欧阳文忠公集》传世……著作等身，夫复何求！

注释

❶ 画荻（dí）教子：丧父后，欧阳修因家境贫寒没钱读书，母亲郑氏就用芦苇秆为笔在沙地上教儿子写字。

❷ 饮少辄（zhé）醉：稍微喝点酒就醉了。语出《醉翁亭记》。

❸ 骈文：以字句两两相对而成篇章的文体，讲究对仗的工整和声律的铿锵。但该文体除了形式美之外，对言事、为政没什么益处，甚至因为空洞、浮华、低效，起到了负面作用，遭到不少有识之士的抵制。

❹ 太学体：北宋时流行的一种宫廷文体，具有险怪艰涩的特点。

欧阳修大事记

虽长于单亲家庭，欧阳修却从不缺爱。母亲郑氏颇有头脑，坚持儿子通过知识改变命运；欧阳晔也给予侄子诸多照拂。天赋加上努力，欧阳修连中三元，实现了阶级跃迁。

1023年 17岁的欧阳修参加科考。当时笔试要押官韵，即赋文必须合乎官方韵脚，欧阳修的写作格式与此不符，铩羽而归。

春风得意 少年时

1026年 欧阳修二战考场，因文风不合潮流再次落榜。尽管他对骈文深恶痛绝，但也深知"识时务者为俊杰"，为了出人头地开始潜心钻研骈文。

1029年 由胥偃保举，欧阳修就试于开封府国子监。该年秋，参加国子监的解试，在国子学的广文馆试、国学解试中均获第一名，成为监元和解元。

1030年 欧阳修在礼部省试中再获第一，成为省元。接着，他又参加由宋仁宗主持的殿试，唱甲科十四名，进士及第。考场上的欧阳修所向披靡，成就了自己首个"高光时刻"。

1031年 欧阳修充任西京洛阳留守推官，成为西昆派[1]诗人钱惟演[2]的属下，与梅尧臣[3]、尹洙[4]结为至交，互相切磋诗文。

- 钱惟演是文学发烧友，没事就喜欢呼朋唤友搞创作，欧阳修是其中的活跃分子，作品以写景、游记为主。他一方面受到西昆派的影响，一方面坚持偶像韩愈提倡的"破骈为散"，文风尚处于探索阶段，未形成自己的风格。

注释

[1] 西昆派：由《西昆酬唱集》得名，以杨亿、刘筠、钱惟演三人为代表作家。所作内容无外乎歌咏宴饮生活，咏物、咏史及泛咏男女情爱。追求用典丰缛，属对工整，下字丽艳，音节铿锵；标榜学习李商隐。

[2] 钱惟演：977—1034年，字希圣，杭州钱塘（今浙江杭州）人。北宋大臣、外戚、文学家，喜欢招徕文士，奖掖后进，对欧阳修、梅尧臣等人颇有提携之恩。著有存《家王故事》《金坡遗事》。

[3] 梅尧臣：1002—1060年，字圣俞，世称宛陵先生。少即能诗，与苏舜钦齐名，时号"苏梅"，又与欧阳修并称"欧梅"。为诗主张写实，反对西昆体，所作力求平淡、含蓄，被南宋刘克庄誉为宋诗的"开山祖师"。曾参与编撰《新唐书》，并为《孙子兵法》作注。另有《宛陵集》《毛诗小传》等。

[4] 尹洙：1001—1047年，字师鲁，西京河南府（今河南省洛阳市）人。北宋时期大臣、散文家。提倡古文运动，著有《河南先生文集》《五代春秋》等。

> 会考试不等于会做官。欧阳修的问题是真知灼见太多，趋炎附势太少，这于官场之上是很要命的一件事。即便独具慧眼，他在政坛上的建树却不多，还经常不知不觉将自己置于险境。

- 欧阳修还有另一个精神偶像，就是那个"先天下之忧而忧，后天下之乐而乐"❶的范仲淹。范仲淹比其年长 18 岁，两人同朝为官约有 20 年。一起走过的日子，二人患难与共、同仇敌忾，尽显北宋士大夫的人文节操和英雄气概。

宦海浮沉 多波折

1036 年 欧阳修挺身而出，为范仲淹打抱不平。结果可想而知，他被归为范党，迎来第一次贬谪。

- 欧阳修被贬至夷陵（今湖北宜昌）做县令。当地生活条件艰苦，妥妥的蛮夷之地。他并未自怨自艾，积极展开"扶贫攻坚战"。先是改善当地人的居住环境，又没日没夜地翻阅卷宗，制定规章制度，为大小冤案昭雪，百姓无不敬佩拥戴他。

- 夷陵的挂职岁月对欧阳修的触动很大，其诗歌也注入了更多理性思考。他还写了不少政论文章，无常世事让他对身边的人和事有了更深刻的认识，心智也更成熟了。

1043 年 在宋仁宗的支持下，范仲淹、韩琦、富弼等人推行"庆历新政"❷，欧阳修作为积极分子参与其中。经过一番恶意操作，政敌们最终以莫须有的作风问题扳倒了他，欧阳修被贬至滁州。

● 欧阳修像当年在夷陵那般尽心尽力地治理滁州，不仅将当地建设得井井有条，还积极打造文旅事业，疏通泉水，修筑亭台，把滁州经营成了旅游胜地，醉翁亭即是此时修筑，从而诞生了千古名篇《醉翁亭记》。

注释

❶ 范仲淹名作《岳阳楼记》中的名句，大意为：在天下人忧之前先忧，在天下人乐之后才乐。
❷ 庆历新政：北宋庆历年间，由宋仁宗推动范仲淹发动的旨在改变北宋建国以来积贫积弱局面的一场政治改革运动。新政以发展生产，富国强兵，挽救宋朝政治危机为目的，以整顿吏治、解决冗官、冗兵、冗费问题为中心，涉及政治、经济、军事、社会、文化各个方面，最后以失败告终。

1057年 欧阳修任礼部贡举的主考官，杜绝华而不实的文风，努力推行言之有物。事实证明，"千古伯乐"的名号不是白叫的，由他提拔起来的人才，如苏轼、苏辙、王安石、司马光、曾巩等，后来都成为北宋政坛、文坛均响当当的风云人物。

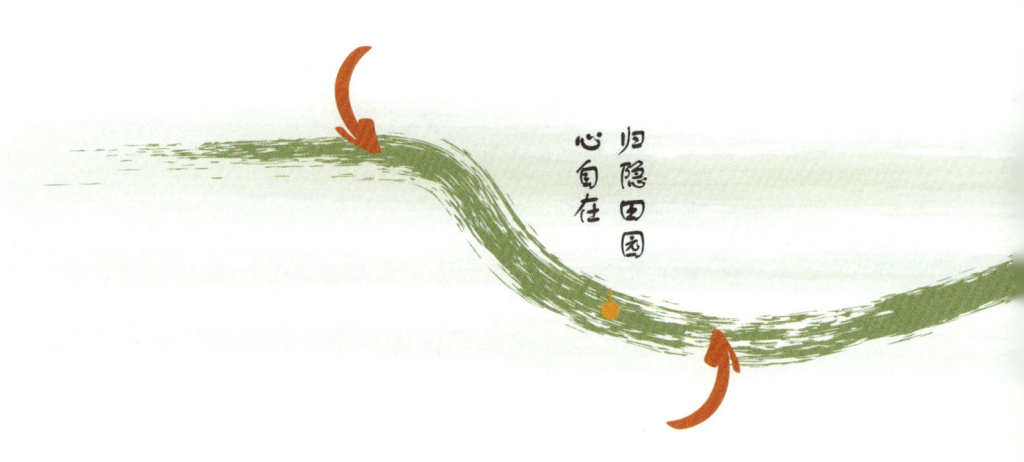

归隐田园
心自在

1061年 欧阳修升为参知政事，进封开国公，成为朝廷举足轻重的显赫重臣，并为立赵曙（宋英宗）为皇太子一事积极奔走。

1067 年 受"濮仪之争"❶"紫袍事件"❷"长媳风波"❸等事件的拖累和影响，欧阳修本已衰颓的心境变得更为惨淡，接连上了三表三札，坚决请辞，后以观文殿学士、刑部尚书的身份出任亳州（今安徽省亳州市）知州。

• 亳州的生活很是逍遥自在，但历经三朝、起起落落的欧阳修此时已无心从仕，曾上《乞致仕第一表》，此后又连上数表，请求告老还乡。朝廷不仅没答应，反而把他调任青州（今山东省青州市）。

1072 年 欧阳修卒于颍州（今安徽省阜阳市颍州区），谥文忠，享年 66 岁。

> **注释**
>
> ❶ 濮议之争：北宋英宗时期，围绕着对其生父濮王赵允让能否称"亲"而掀起的一场政治事件。
> ❷ 紫袍事件：宋英宗大丧祭奠之际，欧阳修麻痹大意，在白色丧服里穿了一件紫色袍子，大伤礼数，险些遭到弹劾。
> ❸ 长媳风波：蒋之奇是欧阳修的门生，一直颇得欧阳修的青睐。然而，政治面前师徒之情一文不值，蒋之奇意在为"濮议之争"中落败的台谏派报一箭之仇，捕风捉影一番后检举欧阳修与长媳有不正当关系，要求皇帝下令严查。后查明此乃子虚乌有，但对欧阳修的声誉形成了重挫。

> 诗词殿堂

蝶恋花·庭院深深深几许

庭院深深深几许,杨柳堆烟,帘幕无重数。

玉勒雕鞍游冶处,楼高不见章台路。

雨横风狂三月暮,门掩黄昏,无计留春住。

泪眼问花花不语,乱红飞过秋千去。

几许：多少。许，估计数量之词。　　堆烟：形容杨柳浓密。
"幕帘"句：帘幕一道道、一层层，无法数清。

玉勒雕鞍：极言车马的豪华。玉勒，玉制的马衔。雕鞍，精雕的马鞍。
游冶处：指歌楼妓院。　　章台：汉长安街名。《汉书·张敞传》有"走马章台街"语。唐许尧佐《章台柳传》，记妓女柳氏事。后因以章台为歌妓聚居之地。

雨横：指急雨、骤雨。

乱红：这里形容各种花片纷纷飘落的样子。

译文

庭院深深，不知有多深？杨柳依依，飞扬起片片烟雾，一重重帘幕不知有多少层。豪华的车马停在贵族公子寻欢作乐的地方，她登楼向远处望去，却看不见那通向章台的大路。

春已至暮，三月的雨伴随着狂风大作，再是重门将黄昏景色掩闭，也无法留住春意。泪眼汪汪问落花可知道我的心意，落花默默不语，纷乱的，零零落落一点一点飞到秋千外。

创作背景

这是一首以女性视角写就的闺怨词，创作时间不可考，就连作者是谁也众说纷纭。此词在欧阳修的《六一词》和冯延巳的《阳春集》里都有收录，词牌名分别为"蝶恋花"[1]和"鹊踏枝"。李清照是欧阳修的"铁粉"，主张是偶像所作；王国维在《人间词话》里则将之视为冯延巳的作品。今人多采用宋人说法，一般认为该词作于欧阳修中年宦海沉浮之际。

注释

[1] 房琯（guǎn）：697—763年，字次律，唐朝宰相，正谏大夫房融之子。喜好空谈，后被罢为太子少师。

大施点睛

这首词的精华全在"意境"二字。起笔即巅峰,首句"深深深"三字广获赞誉,前人叹其用叠字之工。所谓深者,就是含蓄蕴藉、婉曲幽深、耐人寻味,不仅景写得深,情写得深,意境更深。李清照对此词爱得无以复加,在自作《临江仙》词序云:"欧阳公作《蝶恋花》,有'深深深几许'之句,予酷爱之,用其语作'庭院深深'数阕。"

完美的意境表达绝非堆积华丽辞藻所能达到,还要着力体现事物的层次美感。本词的空间角度是由外景到内景,以深邃的居所烘托深邃的感情,以灰暗惨淡的色彩渲染寂寞伤感的心情。词人一如舞美设计师般先对女主人公的居处进行精心的勾画。"杨柳堆烟,帘幕无重数"两句好像一组电影摇镜头,由远及近。随着一丛丛杨柳过去,镜头摇向庭院和帘幕。"无重数"三字写尽庭院幽深无比,堪比愁城。时间角度则是由早及晚,上阕写浓雾弥漫的清晨,下阕写风狂雨暴的黄昏,渐次敲开人物的心扉。其中,"横""狂"二字直接点破女主人公心潮起伏的内在世界。最后两句尽显无限伤春之情,那种无法把握命运的无力感呼之欲出。这种借客观景物烘托、反衬人物主观感情的写法,正是为了营造情思之绵邈、意境之深远。

穿越时空谈技巧

> 据我所知,李清照是有名的孤高才女,连苏轼、王安石的作品都不放在眼里,唯独对文忠公的才华青眼有加❶,不是没有道理啊!

> 这首《蝶恋花》最妙的地方就是,词人虽然身处春日,但满目都是悲伤的景物,这种反差写法清奇脱俗,会不会很难模仿学习?

> 亲爱的同学们,别忘了我们能够钻天入地的时光机啊!咱们直接穿越到大宋,当面请教一下欧阳先生不就好了?

物换星移,时光倒流,欢迎来到软红十丈的 **大宋王朝**

注释

❶ 青眼有加:两眼正视,眼球上黑的多,就是"青眼";两眼斜视,眼球上白的多,就是"白眼"。青眼表示对人的赏识或者喜爱,白眼反之。

老师，我们怕不是到了滁州城外琅琊山麓的醉翁亭了吧？

真的名不虚传哦！果然"峰回路转，有亭翼然"，太美啦！

亭中那位惬意独酌的蓝衣雅士可是欧阳先生？

来者何人？竟然知道老夫这尚未收尾的手稿中的只言片语？

欧阳先生，晚辈有礼了。敢问您是还未写成《醉翁亭记》吗？

奇哉怪也！你这后生有何神力，竟能知晓老夫近日的文字创作？

欧阳先生，贸然来访，多有叨扰。我们师生三人来自距此时九百多年后的未来，正好学到您那首传世名作《蝶恋花》，特地向您当面请教写作的要领！

啊——可是那首《庭院深深深几许》？原来古今大同，老夫身边的友人同僚也颇中意这首，很好奇啊，它究竟是哪里触动了你们？

这首词字字写景，处处动情，全篇却无一个"情"字，您是如何做到的呢？

我来替先生回答好了，不就是我们写作课上常常说到的触景生情？

正是正是。文人作文最忌直白,情感的表达要力求唯美别致。

比如说,我们要写欢乐,就不能只写欢乐,要写"漫卷诗书喜欲狂",要写"春风得意马蹄疾";要写愤怒,就不能只写愤怒,而要写"衷肠结愤气呵天",要写"吐气云生怒世间"……可是这样?

三位真是有备而来!这首《蝶恋花》正是要写"悲伤",但若出现诸如"悲""怨""哀""愁"这样的字眼儿便显得白了,不够雅,所以改用"庭院深深""帘幕无重数""雨横风狂""乱红飞过"这样的指代寂寞、迷茫、无助、绝望的意向,是不是含蓄而又力度不减?

果然!将情感包装得诗情画意,动人之外又彰显了语言的美感,一箭双雕呢!

老师，可不可以讲解得再具体一点呢？

没问题。我们同以"悲伤"为刻画对象，用相关诗句替换掉具体情绪，看看能达成什么效果。

我来个直白的——我好难过啊！

诗情画意后可以是这样的——这感觉让本该明媚的春日显得黯然无光，平添了一种"泪眼问花花不语，乱红飞过秋千去"的寂寥之感。

真想不到本是常见的触景生情出现在时光的两端，竟会达成如此奇妙的呼应效果，老夫今日也算是开了眼界了。

> 那么我们就留个家庭作业,以"孤独"为刻画对象,用"诗情画意的情感"描绘法结合所学诗歌,创作出属于你的精彩段落吧!

> 这作业也惹得老夫很是技痒,先来上一句抛砖引玉——"门掩日斜人静,落花愁点青苔"❶。

> 既不见"孤",也不见"独",偏偏就是让人觉得"百年孤独"。一个字——绝!

> 这次醉翁亭之行收获满满。感谢欧阳先生不吝赐教,我们后会有期哦!

> 期待期待!也别只顾苦学哦,"行乐直须年少,尊前看取衰翁"❷。

注释

❶ 出自欧阳修《清平乐》。
❷ 译文:年轻人,趁现在赶快行乐吧,你看我一把年纪了,都还不是照样饮酒作乐豪情万丈?出自欧阳修《朝中措·送刘仲原甫出守维扬》。

妙笔生花绘文章

一切景语皆情语,同学们和欧阳先生在庭中看景,体悟了高深的境界——"诗情画意的情感"描绘法,那么接下来,我们就一起来赏析一下如何将情感灌注在景色中的吧!

【习作要求】

什么时候你会感觉到孤独?你理解的孤独是什么样的呢?请以"孤独之景"为题,结合所学诗歌,合理运用本章所学的"诗情画意的情感描绘法"写作法,创作一篇600字左右的文章。要求符合题意,中心突出,内容充实,语言顺畅,没有语病,结构完整,条理清楚。

【行文框架】

为使大家能够更好地理解和赏析文章,大施老师对段落结构进行了拆分,通过思维导图让大家更清楚地了解一篇文章的结构和内容,一起跟着老师来分析一下吧!

孤独之景

- **开头**
  - 内容：对孤独的理解
  - 作用：引出孤独之景

- **正文 第一段**
  - 内容：孤独之景的描绘
  - 技法：诗情画意情感描绘法
  - 作用：将意象（月亮、星星、乌鸦、芦苇等融汇在孤独里，引用"月落乌啼霜满天，江枫渔火对愁眠"更加富有意境）

- **正文 第二段……第四段**
  - 内容：按照四季撰写孤独之景
  - 技法：时间转换法
  - 作用：死时变换，不同景象来描写孤独，丰富文章结构和感情

  - 春之景："春风又绿江南岸，明月何时照我还？"
  - 夏之景："夕阳西下望断天涯咯，独留青冢向黄昏。"
  - 秋之景："秋风萧瑟天气凉，草木摇落露为霜。"
  - 冬之景："千山鸟飞绝，万径人踪灭。孤舟蓑笠翁，独钓寒江雪。"

- **结尾**
  - 升华主题：让我们在孤独中欣赏和享受吧！

187

【范文赏析】

孤独之景

孤独，是一种无法言说的寂寥，是一种无法抚平的伤痕。而孤独，却是我们面对世界、欣赏世界的一个出口，孤独时看到的世界也并非都是悲观的。

春天的午后，阳光透过树叶洒在地上，形成一片片斑驳的光影……孤独却在这美好的时光里悄然而至。正如古诗中所描绘的那般："春风又绿江南岸，明月何时照我还？"这孤独的春风，让我们体会到了生命的无奈。

夏日的傍晚，大漠尽头，天光一线，红日渐渐落下，随着夜幕的降临，掉队的大雁也加紧了脚步，渐渐消失在那一抹艳红中……此时此刻，孤独在这片晚霞的世界里显得格外明显。正如古诗中所描述的那般："夕阳西下望断天涯路，独留青冢向黄昏。"这孤独的夕阳，让我们感受到了生命的变换。

秋天的夜晚，寒风凛冽，枯黄的落叶从枯老枝干上终于放弃挣扎，在萧索的秋风中打着旋儿……此时此刻，孤独在这片萧瑟的世界里显得格外明显。正如古诗中所描绘的那般："秋风萧瑟天气凉，草木摇

小贴士：用四时之景的变换来表现孤独，均引用了对应的诗句，更显文采哦！

荡露为霜。"这孤独的秋风，让我们体会到了生命的短暂。

冬天的清晨，雪飘然落在渔人的衣服上，顷刻化为冰冷的水珠，山谷间飞旋着不知名的鸟儿……此时此刻，孤独在这片银装素裹的世界里显得格外明显。正如古诗中所描述的那般："千山鸟飞绝，万径人踪灭。孤舟蓑笠翁，独钓寒江雪。"这孤独的冬雪，让我们感受到了生命的平静。

孤独之景，如同一幅幅美丽的画卷，让人陶醉其中。然而，在这美丽画卷的背后，却隐藏着我们内心深处的忧伤和无奈。让我们面对孤独，享受孤独，在孤独中体会美和诗意吧！

太棒啦！同学们跟着大施老师赏析完这篇范文，是不是能更好地理解"诗情画意情感描绘法"的精妙之处了？那就要在之后写文章时好好利用起来哦！

下一个章节，我们将认识一位比肩"诗仙"李白的神仙级才子，他就是怡然旷达、怡情怡性的大文豪苏轼，对了，他还是东坡肉的创始人呢！快快随大施老师和弟子们去一探究竟吧！

苏轼 一路落魄却随遇而安的贵公子

生卒年： 701年—762年
字： 子瞻
号： 东坡居士
出生地： 眉州眉山

- 如果真有「天才」一说，就是应该是他的样子。
- 他的诗词纵横恣肆、慷慨豪迈，也洒脱自在、恬淡闲适。
- 他官运极差，心态极好，贬一路吃一路，愤懑无奈却也豁达乐观。
- 他善良宽容，体察百姓，始终奋斗在民生一线。
- 他，就是鼎鼎大名的东坡居士——苏轼。

大施老师
千尘
秋意

文人登场

我是苏轼，字子瞻，号东坡居士，四川眉州眉山人，大家更爱叫我"苏东坡"。"苏仙""坡仙"也是我的别称呢！

我出身于书香世家，和老父苏洵、弟弟苏辙合称"三苏"。我们一家三口和欧阳修、柳宗元、韩愈、王安石、曾巩组成了中国文学史上的顶级男团——"唐宋八大家"，先后掀起了诗文革新浪潮[1]，让诗文的发展呈现出焕然一新的面貌！

我的创作理念是保持个性和自由，追求自然和真实，关注社会和民生，反对虚浮和华丽。这也让我成为豪放派[2]的代表。

文学家、政治家、思想家、美食家、水利专家……是我，是我，都是我！此外，我还擅丹青，工书法，精诗文，叫我"全能才子"不过分吧？

东坡肉是我原创的；我也创下一天享用三百颗荔枝的纪录；还会做酒煮生蚝和火烤生蚝，是当之无愧的美食博主。

我也涉足时尚界，"子瞻帽"就是我的创意。帽子由乌纱制成，帽身较长，帽檐极短，像个高高的筒子倒扣在头上，每逢重大节日，上至王公贵族，下至平民百姓，几乎无人不戴。咦，你家祖上是不是也有一顶呢？

注释

❶ 宋朝初年，文坛上追求萎靡、华丽、浮华的文风，后来，越来越多的人对此表示反感，重视文学的现实性和感情色彩，开始了一场诗文革新运动。

❷ 豪放派，是中国宋代形成的词学流派之一。北宋诗文革新派作家如王安石、苏辙都曾用"豪放"一词评诗。第一个用"豪放"评词的是苏轼。诗词特点是气象恢宏雄放，语词宏博，用事较多。

苏轼大事记

> 嘉祐二年的进士科号称"千年龙虎榜",录取了整个北宋风头最劲的十位人才,苏轼是其中的C位人物!

• 苏轼出身于妥妥的书香门第。祖父苏序喜作诗,父亲苏洵是著名散文家,母亲程氏知书达理,外公还是眉山首富。苏轼虽是贵公子,但家教严格,青少年时期手抄《汉书》❶两遍,用功之深令人叹为观止。

应举入仕

1057年 21岁的苏轼初入考场就以第二名的成绩考中进士。本来主考官欧阳修认为这张答卷可夺冠,却怀疑是其弟子曾巩所写,避嫌将文章判成第二,后知道作者是苏轼,不由惊呼:"老夫当避路,放他出一头地也。"❷成语"出人头地"便典出于此。

1061 年 苏轼兄弟参加名为"贤良方正能直言极谏科"的制科❸考试。苏轼的对策被评为第三等（一、二等虚设，第三等为实际上第一等），此前宋朝只有一个吴育中过这种制科的第三等，因此苏轼所中第三等被称为"百年第一"。

- 正要在京城大展身手时，母亲病逝，苏轼只能回乡守孝；两年后期满，又赴京城。做官五年后，父亲病逝，又回乡守孝三年，再度回朝正遇上"王安石变法"❹。

> **注释**

❶ 《汉书》：主要记述了上起汉高祖元年（前206年），下至新朝王莽地皇四年（23年）共230年的史事。全书共有八十万字。
❷ 欧阳修的意思是，苏轼很有才学，自己应该为他让路，让他有机会施展才华。
❸ 制科：一般指制科，即制举，又称大科、特科，是中国古代为选拔"非常之才"而举行的不定期非常规考试。
❹ 王安石变法：宋神宗时期，由宰相王安石发动的旨在改变北宋建国以来积贫积弱局面的一场政治改革运动。

长期守孝让苏轼错失了诸多良机。再度回朝已改天换日，他的人生开启了跌宕起伏的过山车模式。

1071年 苏轼了解了由于新政而发生官员鱼肉百姓的情况，便针对新政提出了一些建议。别看王安石和苏轼私交不错，却不耽误他对此很愤怒，这多少影响到了苏轼的仕途。苏轼于是自请出京做官，到杭州做了通判[1]。

自请离朝

1074年 苏轼调任山东密州知州[2]，为期两年，"老夫聊发少年狂，左牵黄，右擎苍"的名句就是该时期写的。中秋之夜，他又开始想念弟弟，便有了"人有悲欢离合，月有阴晴圆缺，此事古难全。但愿人长久，千里共婵娟"的感慨。

1079 年 在湖州做官时，苏轼已经43岁了。本是例行公事写的《湖州谢上表》，却被别有用心者断章取义，那句"陛下知其愚不适时，难以追陪新进；察其老不生事，或能收养小民"❸被曲解为对上不忠。就因这两句牢骚，苏轼被御史台❹收监。当时御史台外的柏树上常年停驻很多乌鸦，御史台又称"乌台"，这事儿就被称为"乌台诗案"。

注释

❶ 通判：古代官职，多指州府的长官，掌管粮运、家田、水利和诉讼等事项，对州府的长官有监察的责任。
❷ 知州：古代官职，相当于现在的市长。
❸ 此句本意：陛下深知我愚笨跟不上形势，又知我老了不会搞事，管理地方的小民百姓还是可以的。
❹ 御史台：当时的中央行政监察机关，也是中央司法机关之一，负责纠察、弹劾官员、肃正纲纪。

因为难得的好人缘，本以为要牢底坐穿的苏轼得以从轻发落，被贬至地方做闲职。从此，他也开启了"诗与远方"的漂泊之路。

贬谪之路

1079 年　苏轼在黄州（今湖北黄冈）做团练副使❶，多次游览赤壁，欣赏"惟江上之清风，与山间之明月，耳得之而为声，目遇之而成色"❷，感叹"寄蜉蝣于天地，渺沧海之一粟。哀吾生之须臾，羡长江之无穷"❸，咏出"大江东去，浪淘尽，千古风流人物"❹。还开垦了一块土地——东坡，喜获"东坡居士"的称号；也曾煮肉解馋，流传为今天的东坡肉。官场固然失意，但黄州的生活很可爱。

- 苏轼与朋友春日出游，突遇风雨，友人均狼狈躲雨，苏轼却在雨中漫步，吟出"竹杖芒鞋轻胜马，谁怕？一蓑烟雨任平生"❺的潇洒诗句，尽显逆境中怡然自得、洒脱旷达的心境。

1094 年 宋哲宗上位，重新推行新法，宰相章惇痛恨旧党❻人士，又把苏轼贬至岭南惠州（今广东惠阳）。他竟在蛮荒之地看到了迤逦❼风光，品尝了奇瓜异果，留下"日啖荔枝三百颗，不辞长作岭南人"❽的绝句。其间，创作诗文四百余篇、书画百余幅。

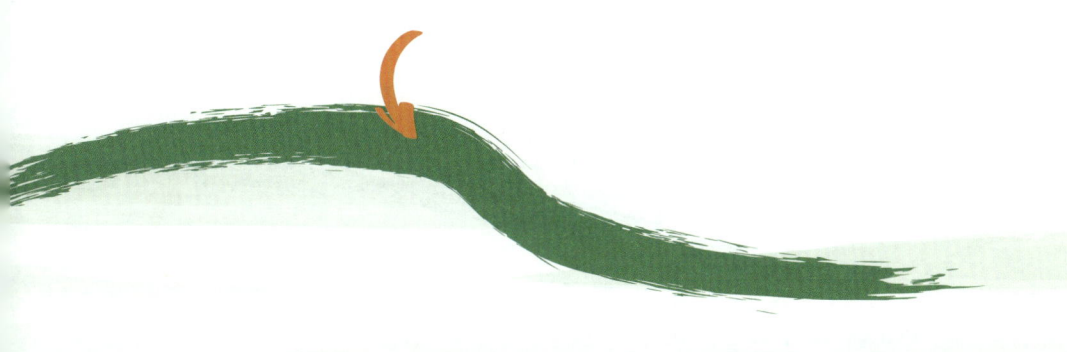

> 注释

❶ 团练副使：地方上空有名而无实权的官职，宋朝常用以安置贬降官员。
❷ 译文：只有江上的清风，以及山间的明月，听到便成了声音，进入眼帘便绘出形色。
❸ 译文：如同蜉蝣置身于广阔的天地中，像沧海中的一粒粟米那样渺小。唉，哀叹我们的一生只是短暂的片刻，不由羡慕长江的没有穷尽。
❹ 译文：大江之水滚滚不断向东流去，滔滔巨浪淘尽千古英雄人物。
❺ 译文：拄竹杖、穿芒鞋，走得比骑马还轻便，一身蓑衣任凭风吹雨打，照样过我的一生！
❻ 新旧党争是北宋宋神宗熙宁二年（1069 年），围绕在王安石变法新政的执行上所引发的一场党争。新党支持新政，旧党反对新政。
❼ 迤逦（yǐ lǐ）：曲折连绵。
❽ 译文：如果每天吃三百颗荔枝，我愿意永远都做岭南的人。

1097年 62岁的苏轼被贬至穷乡僻壤的儋州（今海南儋州），仍不妨碍他乐观生活，融入当地风土人情，带领百姓挖井吃水、种黑豆，还教他们学四川官话，办了学堂。在苏轼眼中，儋州的风土极善，人情不恶。

> 宋哲宗病逝，苏轼有幸回归朝堂，但一路上天气奇热，使得苏轼中暑，随后他的生命也走到终点。

1101年 宋徽宗大赦天下，苏轼已经66岁了。离开儋州之际，他写下"云散月明谁点缀？天容海色本澄清"❶"九死南荒吾不恨，兹游奇绝冠平生"❷等诗句。8月24日，在北归途中的常州，苏轼与世长辞。

大赦归京

- 苏轼一生共计在14个州县担任过职务，历经仁宗、英宗、神宗、哲宗、徽宗五位皇帝，后人都说"流水的皇帝，铁打的苏轼"。而他用24个字轻描淡写地总结了自己的磅礴一生："心似已灰之木，身如不系之舟。问汝平生功业，黄州惠州儋州。"❸

注释

❶ 译文：云忽散月儿明用不着谁人来点缀，青天碧海本来就是澄清明净的。
❷ 译文：被贬南荒虽然九死一生我也不遗憾，因为这次远游是我平生最奇绝的经历。
❸ 译文：寂静无欲的心，就像已燃成灰烬的木头；这一生漂泊不定，好似无法拴系的小舟。有人问我平生的功业在何方，就在黄州、惠州和儋州。

狱中寄子由二首

其一

圣主如天万物春,小臣愚暗自亡身。

百年未满先偿债,十口无归更累人。

是处青山可埋骨,他年夜雨独伤神。

与君世世为兄弟,更结来生未了因。

狱中寄子由二首：诗题一作"予以事系御史台狱，狱吏稍见侵，自度不能堪，死狱中，不得一别子由，故作二诗授狱卒梁成，以遗子由，二首"。子由：即苏轼的弟弟苏辙，字子由。

愚暗：愚昧而不明事理。

偿债：偿还前世之夙债。

是处：处处。

与君世世为兄弟：一作"与君今世为兄弟"。　更：一作"又"，一作"再"。　未了因：佛教用语，没有了结的因缘。

203

译文

君王的光辉如春光润泽万物，是自己愚昧无知，讥谤时事自取灭亡；

还没完整过完一生，就要偿还前世的夙债，只是自己家中妻儿十口，还要依靠弟弟多多照顾；

死之后，随便找一个青山就可以埋葬尸骨，只是恐怕每逢夜雨秋灯之时，只剩弟弟孤苦一人，思念自己的兄长；

只能寄希望于来世，我们二人继续做一对好兄弟。

创作背景

此诗是苏轼身陷"乌台诗案"时于狱中所作。当时，负责审讯的官员竭力协助当权者罗织苏轼的罪名，想要置他于死地。苏轼自感命不久矣，便在狱中给弟弟苏辙写下了这份"绝笔"，字字催泪，句句啼血。

大施点睛

苏轼的诗作有个特点，只要提及子由必定是人间至情之语，本诗亦不例外。前四句尽诉自身凄惨境遇，自感不久于人世，唯一挂念家中妻儿十口的生计，唯有拜托弟弟代为照顾——这是书写遗言的节奏啊！诗的后四句全是和弟弟的体己话：人死之后，随便找一处青山便可埋葬我的尸骨，只是留下弟弟一人，在每次夜雨之时，必定会黯然神伤。只能寄望于来世再做兄弟吧。全诗充溢着浓浓的亲情和离情，几乎看不出豪放派的一丝洒脱之意，倒很有婉约派❶那种儿女情长的缠绵之意。

> 注释
>
> ❶ 婉约派：中国宋词流派。婉约，即婉转含蓄。其特点主要是内容侧重儿女风情，结构深细缜密，音律婉转和谐，语言圆润清丽，有一种柔婉之美。

穿越时空谈技巧

> 读完苏轼这首悲情之作,大家作何感想?

> 原来东坡先生和弟弟的感情这么深厚,深厚到要"世世为兄弟"。

> 那首传世的《水调歌头·明月几时有》就是因思念苏辙而作,苏辙也说"抚我则兄,诲我则师",是手足情深的实锤了!

> 今天,为师就带大家登上时光机,拜访一下大名鼎鼎的东坡居士,感受一下他与苏辙先生的兄弟之情吧!

物换星移,时光倒流,欢迎来到人才辈出的 **大宋王朝**

> 同学们,快快睁开双眼——我们到黄州啦!瞧,在锅边煮肉的白衣长者想必就是东坡先生了吧?

> 果然是馋嘴的苏大人,煮肉被我们抓了个正着!

啊，让我看看是谁在揭老夫的短儿啊？

东坡先生，我们是从21世纪穿越而来的师徒三人，因拜读了您的大作心潮起伏，特地前来拜访请教。

哈哈哈！各位稍候，待我把肉盛将出来，咱们边吃边说。

我们学习的不仅是您的诗词，还有您于逆境中洒脱淡定的心态。比如这首《狱中寄子由二首·其一》，孩子们正在讨论到底哪一句表明了您自觉大限已到，拜托苏辙先生照顾家人呢！

哦，这还有争议吗？当然是"百年未满先偿债，十口无归更累人"，看不出老夫忧心忡忡，肝肠寸断吗？

我猜对啦！

> 优秀！那么大家觉得诗歌最后一句"与君世世为兄弟，更结来生未了因"适用于哪类作文主题呢，青春梦想类，还是手足情深类？

> 显而易见，当然是手足情深类的作文主题！

> 正解！自从被贬，老夫和弟弟已经好久没见面了，如今颇为想念。当时身陷囹圄❶，家中老小所能依靠的也只有子由了。

> 听说您入狱时，苏辙先生还写了奏折，自请废黜官职，只为救您于水火？

> 子由愿用毕生仕途换取兄长的一条命，因为只要老夫活着，他还可以开口喊一声"哥哥"……唉，人只有活着，才有一切。

注释

❶ 囹圄（líng yǔ）：指监狱。

感人肺腑啊！难怪千百年后的人们还会写文章歌颂这种人间至情。不过往往越是亲密的感情，越是难以启齿。每每遇到"亲情"主题，同学们总会犯难，一方面不会表情达意，另一方面苦于没有新颖的素材。今天，借着体味两位苏先生感人至深的手足情，为师给同学们介绍一个描写情感的高招——"三步走"框架法。

"三步走"？有点打篮球"三步上篮"的感觉。

你这个比喻很形象。"三步上篮"是为了将球投准，"三步走"是帮你抒情到位。记住这个黄金公式：
三步走＝刻画场景＋点明事件＋引出情感。

刻画场景
想象一下东坡先生遭遇贬谪时的心理活动或神态表情，比如他在哪里？做了什么？心态如何？最终结局怎样？总结概括这些细节，就能再现他在狱中的场景。注意！要写出画面感哦，这样才能调动读者情绪。

点明事件
点出重大人物的历史事件在写作中是非常重要的！这样做能让阅卷老师通过关键词就锁定关键信息，抓住主要内容哦。

引出情感
顺其自然，抒发情感，我们今天练习的主题是"亲情"，大家一定别忘记在末尾引出有关亲情的内容啊！

厉害了，我的未来朋友们！你们竟能从老夫的一篇拙作中引申出这么神奇的写作招数！

话不多说，上例子！
103天的牢狱之灾，103天的精神折磨，103天的委屈愤恨，身陷囹圄的苏轼究竟是怀着怎样的心情写下了"是处青山可埋骨，他年夜雨独伤神"？

刻画场景——想象苏轼在狱中的惨况，可直接引用体现场景的诗句。

"乌台诗案"的残酷经历使他一度陷入人生谷底。他从监狱走向黄州，以流放犯的身份带着官场和文坛泼给他的脏水，满心侥幸又满目绝望地走向这个荒凉落寞的小镇。

点明事件——选取知名度高的历史事件展开说明，注意与场景对应哦！

他却没有就此一蹶不振，而是抱着"与君世世为兄弟，更结来生未了因"的信念等待弟弟苏辙的福音。他终究等来了……

引出情感——文章中最重要的部分哟，这样才算把文章写完整了！

神了！这"三步"走完，果然把感情烘托到了极致，而且条理清晰，逻辑缜密。

> 学到了吧，那就自己挥笔试一试吧！咱们就以"我眼中的××（某位历史人物或者家人朋友）"为主题，结合东坡先生的这首诗作，用"三步走"框架法创作出专属于你的精彩段落吧！

> 老夫也学到了！不过，技巧固然重要，写文章最关键的还是要动之以情。即便"情发于中，言无所择"❶，也是感人的啊！

> 谨遵东坡先生教诲！

> 感谢东坡先生的美味款待。时间不早了，我们也该返程了！"但愿人长久，千里共婵娟。"期待我们下次在更美的诗词里重逢。

注释

❶ 情发于中，言无所择：出自苏轼《代滕甫辩谤乞郡书》。大意是：心中有了感触，马上就要表达出来，来不及斟酌词句。

妙笔生花绘文章

拜别东坡先生，是不是也让同学们对苏轼兄弟情谊甚笃有了更深的了解呢？与此同时，大家也学到了写感情的"三步走"，那么接下来，我们就学习一下如何将诗歌和感情结合起来写出精彩文章。

【习作要求】

请以"我眼中的×××"为题，结合所学诗歌，合理运用本章所学的"三步走"框架法，创作一篇600字左右的文章。要求符合题意，中心突出，内容充实，语言顺畅，没有语病，结构完整，条理清楚。

【行文框架】

为使大家能够更好地理解和赏析文章，大施老师对段落结构进行了拆分，通过思维导图让大家更清楚地了解一篇文章的结构和内容，一起跟着老师来分析一下吧！

我眼中的苏轼

开头
- 内容：介绍苏轼，点出我眼中的苏轼
- 作用：引起下文

正文
- 内容：展现苏轼的三个优点
- 技法："三步走"写作法
- 作用：写出苏轼的人生态度和对弟弟的身后感情

  - 对人生的思考和感悟：赤壁赋
  - 批判社会对人民的干切：赤壁怀古
  - 对家人的思念和深厚情感：水调歌头等

结尾
- 内容：我从苏轼的人生经历中学习到的精神
- 作用：引用苏轼的诗句，表达我对苏轼的敬仰之情

【范文赏析】

我眼中的苏轼

小窍门：开头介绍主角，点出我眼中的苏轼是什么样的，这句话是中心句哦！

在我眼中，苏轼是一个怀才不遇、旷达豁达、重情重义的文人，他的诗句中蕴含着对人生的深刻思考和对社会的强烈关注。

苏轼的诗句中充满了对人生的感悟和对命运的思考。例如，他在《赤壁赋》中写道："寄蜉蝣于天地，渺沧海之一粟。"这句诗表达了他对人之渺小的感叹，以及对人生短暂的惋惜。他曾经历家庭破碎、流离失所等种种不幸，这些过往让他更加珍惜生命中的每一个瞬间，也让他的诗歌更加真实感人。其次，苏轼的诗句中还充满了对社会的批判和对人民的关怀。他所在的时代，社会上存在着严重的阶级分化和社会不公现象，他的诗歌反映了这些问题并呼吁社会公正和人民福祉。例如，他在《念奴娇·赤壁怀古》中写道："羽扇纶巾，谈笑间，樯橹灰飞烟灭。故国神游，多情应笑我，早生华发。人生如梦，一樽还酹江月。"这首诗借古讽今体现了他对社会现实的关注。最后，苏轼的诗句中还充满了深厚的手足情谊。调任山东密州知州后的中秋之夜，他虽与弟弟远隔千里，却在《水调歌头》中写道："但愿人长久，千里共婵娟。"与相

小技巧：解释"我"所理解的苏轼的样子，以及他的事迹和对应时期的诗歌。

隔两地的弟弟共赏同一轮明月，将思念传递给远方的亲人。随后，苏轼的日常上书被别有用心之人断章取义，曲解诬陷，使其被收监。103天的牢狱之灾，103天的精神折磨，103天的委屈愤恨，身陷囹圄的苏轼究竟是怀着怎样的心情写下了"是处青山可埋骨，他年夜雨独伤神"？"乌台诗案"的残酷经历使他一度陷入人生谷底。他从监狱走向黄州，以流放犯的身份带着官场和文坛泼给他的脏水，满心侥幸又满目绝望地走向这个荒凉落寞的小镇。他却没有就此一蹶不振，而是抱着"与君世世为兄弟，更结来生未了因"的信念等待弟弟苏辙的福音。他终究等来了……

从苏轼的诗歌可以感受到他的处世智慧和旷达的人生态度，希望我们也能像他一样，面对人生的风雨时，也可以泰然自若地说一句："竹杖芒鞋轻胜马，谁怕？一蓑烟雨任平生！"

小贴士：升华主题，表达出"我"从苏轼的人生经历中学到了什么精神，引用苏轼的诗词，更显文采。

太棒啦！同学们跟着大施老师赏析完这篇范文，是不是更能体会到"三步走"的精妙之处了呢？那就要在之后写文章时好好利用起来哦！

下一个章节，我们一起来认识一下一腔热血却壮志难酬的"稼轩居士"辛弃疾，与苏轼同为诗词中的豪放派代表，他们的诗词风格有何不同？快快随大施老师和弟子们去一探究竟吧！

辛弃疾

壮志难酬的词中之龙

生卒年： 1140 年—1207 年
字： 幼安
号： 稼轩
出生地： 今山东济南

- 他以武起事，以文为业，是官员，也是词人。
- 驰骋沙场、收复失地是他毕生的理想，却始终壮志难酬。
- 他弃剑执笔，用血泪写就一首首人生悲歌，响彻古今。
- 男儿到死心如铁。看试手，补天裂。
- 他就是"人中之杰、词中之龙"——辛弃疾。

大施老师

千尘

秋意

文人登场

我叫辛弃疾，和西汉名将霍去病组成了"健康CP"[1]。他少年成名，战功赫赫，是武将的楷模，真让我羡慕不已。

我表字坦夫，后来才改成你们熟悉的"幼安"。再后来，我给自己起了个"稼轩居士"的号，"稼轩"是我住所之名。

我和大才子苏轼合称"苏辛"；和大才女李清照都是济南人，我叫"幼安"，她叫"易安"，"济南二安"由此而来。

我的头衔很多，是豪放派❷词人，是军事家，也是政治家。你们是因为哪个身份记住我的呢？

我留存的词作有六百多首，收集在《稼轩长短句》中。别总看"醉里挑灯看剑"❸了，我写"醉里吴音相媚好"❹这样的乡间小调也很在行。有空不妨去看看我的政论文，同样很出色哦！

我毕生都想在军政领域发光发亮，却因舞文弄墨留名青史。也罢，"白发空垂三千丈，一笑人间万事"❺。

"词中之龙"的赞誉是大家抬爱了，我的愿望很朴素，"我见青山多妩媚，料青山见我应如是"❻。

注释

❶ CP：英文 Couple 的缩写，原指夫妇，后衍变成网络热词，通常指般配的两个人。这里是因"弃疾"和"去病"两个名字的含义而将两人组合在一起。

❷ 豪放派：宋词的一个流派，与婉约派并称为宋词两大词派。豪放派的特点是创作视野较为广阔，气象恢宏，喜欢用诗文的手法、句法写词，不拘音律，题材内容十分广泛。代表人物：苏轼、辛弃疾。

❸ 译文：醉梦里挑亮油灯观看宝剑。出自辛弃疾《破阵子·为陈同甫赋壮词以寄之》。

❹ 译文：含有醉意的吴地方言，听起来温柔又美好。出自辛弃疾《破阵子·为陈同甫赋壮词以寄之》。

❺ 译文：我已经白发苍苍，对人世间的种种际遇都能一笑了之了。出自辛弃疾《贺新郎·甚矣吾衰矣》。

❻ 译文：我看那青山潇洒多姿，想必青山看我也是一样。出自辛弃疾《贺新郎·甚矣吾衰矣》。

辛弃疾大事记

辛弃疾出生那年，靖康之变❶已过去十几年，北方大片土地被金朝统治，辛弃疾的家乡也在其中。

年少陷金

1140 年 辛弃疾出生于今山东济南。父亲早逝，他从小跟着祖父辛赞生活。金兵占领家乡后，辛赞因拖家带口没能逃脱，只得留在金朝做官，但心中时刻不忘大宋。在祖父的教导下，辛弃疾从小饱读诗书，勤学武艺，立志长大后收复失地、报国雪耻。

● 辛弃疾两次去往金国都城燕京。打着参加科考的旗号，实则是去了解金国形势，打探各种消息。两次燕京之行使他得到历练，为日后的抗金大业积攒了经验。

> 金国举兵南下，中原百姓不堪压迫，纷纷奋起反抗，到处都是揭竿而起的义军。

1162 年 辛弃疾说服耿京归顺南宋，并亲自联络朝廷。

- 起义军又出了叛徒——张安国等人杀了耿京，带领部分义军投靠金国。据说辛弃疾只带五十名精兵闯入驻扎五万敌兵的军营，活捉了张安国。作为智勇双全作的大男主，辛弃疾风头出尽，名声都传到宋高宗那里了。

起义归宋

1161 年 辛弃疾变卖家产，拉起一支两千人的队伍投奔了耿京[2]的起义军。他在军中担任掌书记，掌管军队的印信[3]。

- 掌书记虽是文职，但辛弃疾的武功照样能派上用场。一次，军中出了叛徒，偷了印信欲投靠金国。他单枪匹马追捕叛徒并将之斩首，追回印信。

注释

[1] 靖康之变：靖康二年（1127 年），金朝南下攻取北宋都城东京，掳走宋徽宗、宋钦宗，北宋灭亡。
[2] 耿京：南宋抗金的起义首领。
[3] 印信：政府机关的图章。

活捉张安国后，辛弃疾本以为人生就此开挂，却不想这已是他作为武将的职业巅峰。南下后，他辗转各地做官，就是没机会上前线。其间，他写下诸多诗词，寄托情怀。

1162年 辛弃疾被任命为江阴签判①。这份闲职对于他来说不啻②讽刺，真可谓一腔热血难挥洒，英雄无用武之地。

南下宦游

- 辛弃疾不甘于职场"摸鱼"，写了很多关于北伐的建议书，像著名的《美芹十论》③《九议》④，但始终得不到重用。北伐梦想难以实现，他便专注于地方政务，工作干得很出色。

注释

① 签判：职务名称。宋代各州、府选派京官充当判官时称签书判官厅公事，掌诸案文移事务。
② 不啻（chì）：不亚于，如同。
③ 美芹十论：通过分析宋、金的形势，来表达抗金的言论主张，是辛弃疾的军事战略思想体系。
④ 九议：辛弃疾写的九篇抗金论文的合称。

1174 年 辛弃疾写下《水龙吟·登建康赏心亭》，"栏杆拍遍，无人会，登临意"，把栏杆拍得震天响，也遇不到知己。距离他南下已过去十二年，北伐还是梦一场。

1180 年 在湖南任职期间，为安定一方，辛弃疾组建了一支威震八方的地方武装——"飞虎军"。

> 辛弃疾任职江西时，在上饶建造了庄园，起名"稼轩"，用以安置家人。此后二十年间，除仅有几次出山外，大部分时间他都在此闲居，化身老农。

中年闲居

1181年 辛弃疾遭弹劾被免职，回到上饶的庄园。

- 闲居期间，好友陈亮来访。辛弃疾给陈亮写过很多诗词，最著名就是《贺新郎·同父见和再用韵答之》《破阵子·为陈同甫赋壮词以寄之》。前者"看试手，补天裂"的豪情、后者"可怜白发生"的低落，让我们看到了词人挣扎的内心。

- 辛弃疾写了不少豪放词，可玩起"小清新"来也得心应手。"明月别枝惊鹊，清风半夜鸣蝉""稻花香里说丰年，听取蛙声一片""七八个星天外，两三点雨山前"这些明丽的诗词，让人看到词人和田园生活的适配度。

四十余年的南归生涯，除了被罢官闲置的二十载，辛弃疾走马灯般飘来荡去，稍有政绩就遭弹劾，国家有难就被征召，但北伐之梦始终支撑着他砥砺前行。然而，他依旧没能逃脱壮志难酬的命运，悲愤而死。

1207 年 辛弃疾再度被启用。这时他已重病不起，只能辞官，不久离世。据说临终时，他还在大喊"杀贼"。

壮志未酬

1203 年 辛弃疾被任命为绍兴知府兼浙东安抚使，次年改任镇江知府。尽管年过花甲，辛弃疾仍觉得收复中原的理想终要实现。谁知，他又被罢官。

- 辛弃疾和陆游相遇了。两人都是主战派，都被长期打压，志同道合又惺惺相惜。
- 担任镇江知府时，辛弃疾登上北固亭，写下《永遇乐·京口北固亭怀古》，陈述北伐之志，对自己不被重用表示了愤慨。不久，在谏官的攻击下，他N度离职。

诗词殿堂

青玉案·元夕

东风夜放花千树,更吹落,星如雨。

宝马雕车香满路。凤箫声动,玉壶光转,一夜鱼龙舞。

蛾儿雪柳黄金缕,笑语盈盈暗香去。众里寻他千百度。

蓦然回首,那人却在,灯火阑珊处。

青玉案：词牌名。　元夕：夏历正月十五日为上元节，即元宵节，此夜称元夕或元夜。

花千树，花灯之多如千树开花。此句形容元宵夜花灯繁多。
星如雨：指焰火纷纷，乱落如雨。星，指焰火。形容满天的烟花。一说形容灯多。

宝马雕车：豪华的马车。　凤箫：箫的美称。一说即排箫。　玉壶：比喻明月。亦可解释为指灯。　鱼龙舞：指舞动鱼形、龙形的彩灯，如鱼龙闹海一样。

此句写元夕的妇女装饰。蛾儿、雪柳、黄金缕，皆古代妇女元宵节时头上佩戴的各种装饰品。这里指盛装的妇女。　盈盈：声音轻盈悦耳，亦指仪态娇美的样子。　暗香：本指花香，此指女性们身上散发出来的香气。　他：泛指第三人称。古时就包括"她"。　千百度：千百遍。

蓦然：突然，猛然。　阑珊：零落稀疏的样子。

译文

东风吹开了元宵夜的火树银花,花灯灿烂,就像千树花开。从天而降的礼花犹如星雨。豪华的马车在飘香的街道行过。悠扬的凤箫声四处回荡,玉壶般的明月渐渐转向西边,一夜舞动鱼灯、龙灯不停歇,笑语喧哗。

美人头上都戴着华丽的饰物,笑语盈盈地随人群走过,只有衣香犹在暗中飘散。我在人群中寻找她千百回,猛然回头,不经意间却在灯火零落之处发现了她。

创作背景

关于这首词的创作时间,学界说法颇多,一说作于南宋淳熙元年(1174年)或淳熙二年(1175年),即词人南下宦游时期;一说作于淳熙九年(1182年)至绍熙二年(1191年)之间,即词人闲居时期。不论哪种说法,写这首词时正值南宋国势日衰之际。当时强敌压境,朝中主和派占上风,统治者不思进取、纵情享乐,像辛弃疾这样的主战派遭排挤、被打压,报国无门。于是,他怀着满腹的激情、哀伤、怨恨,创作了这首词作。

大施点睛

读完这首词,你是不是生出疑惑:这首婉转细腻的作品,真是出自稼轩之手吗?还有,这浪漫的元宵之夜和词人的抱负有什么关系?没错,本词确是稼轩出品,是其婉约风格的代表作。该词上阕描写了元宵夜的热闹场面,下阕写了灯火零落处的美人,看似和创作背景中的描述毫不相干,其实,词人是以美人自喻。元宵夜的热闹象征着统治阶级的歌舞升平,孤芳自赏的美人其实是词人自己。他不愿和小人同流合污,虽然屡受打击,依然志向不改。这样解释完,大家有没有觉得这首词有了不一样的况味?

破阵子·为陈同甫赋壮词以寄之

醉里挑灯看剑,梦回吹角连营。

八百里分麾下炙,五十弦翻塞外声,沙场秋点兵。

马作的卢飞快,弓如霹雳弦惊。

了却君王天下事,赢得生前身后名,可怜白发生。

破阵子：词牌名。　　陈同甫：陈亮，南宋思想家、文学家。

醉里：醉酒之中。　　挑灯：把灯芯挑亮。　　看剑：抽出宝剑来细看。准备上战场杀敌的形象。说明作者即使在醉酒之际也不忘抗敌。　　梦回：梦中回到。　　角：号角，军中乐器。　　连营：连在一起的众多军营。

八百里：指牛，这里泛指酒食。　　麾下：部下。　　炙：烤熟的肉食。五十弦：本指瑟，此处泛指军中乐器。　　翻：演奏。　　塞外声：指边地悲壮粗犷的军乐。　　沙场：战场。　　秋：古代点兵用武，多在秋天。　　点兵：检阅军队。

的卢：马名。一种额部有白色斑点的烈性快马。相传刘备曾乘的卢马从襄阳城西的檀溪水中一跃三丈，脱离险境。全句的意思是说战马像的卢马那样跑得飞快。　　霹雳：特别响的雷声，比喻拉弓时弓弦响如惊雷。

了却：了结，把事情做完。　　君王天下事：统一国家的大业，此处特指恢复中原事。　　赢得：博得。　　身后：死后。　　可怜：可惜，可叹。

231

译文

醉梦里挑亮油灯观看宝剑，恍惚间又回到了当年，各个军营里接连不断地响起号角声。把酒食分给部下享用，让乐器奏起雄壮的军乐鼓舞士气。这是秋天在战场上阅兵。

战马像的卢马一样跑得飞快，弓箭像惊雷一样震耳离弦。我一心想替君主完成收复国家失地的大业，取得世代相传的美名。一梦醒来，可惜已是白发人！

创作背景

提起这首词，就不得不提及词人的好友陈亮。陈亮，字同甫，南宋著名思想家。其一生著书、讲学，多次上书要求抗金，主张政治革新，因此受到朝廷主和派的打击，几次被诬陷入狱。陈亮和词人可算得上是同病相怜的难兄难弟。这首词正是词人为了鼓励陈亮所写。前文提到，该词写于词人闲居时期。

大施点睛

这首词是辛弃疾豪放词的代表作,也是写给难兄难弟的心声。词中,他回顾了当年抗金的军旅岁月,也表达了自己壮志难酬的苦闷。醉酒之后,梦回戎马生涯,军营、号角、袍泽兄弟、一腔热血纷至沓来。"了却君王天下事,赢得生前身后名",是词人的毕生追求:完成恢复中原的大业,赢得生前和死后的英名,这大体是很多军人的理想。有人功成名就,战功赫赫;有人空怀志向,蹉跎一生。词人用梦回沙场的壮阔和醒后"可怜白发生"的悲凉做对比,让我们看到了其报国无门的悲愤和无奈。

穿越时空谈技巧

> 读完辛弃疾的两首词,同学们有什么感想?

> 我只想说,辛老师真的是太难了。我好想当面表达一下对他的景仰之情。

> 我也是!我也是!

> 那为师就给你们这个机会,带你们回到宋朝,去拜访一下这位历史上赫赫有名的硬核战地词人。准备好了吗?我们立刻出发!

物换星移,时光倒流,欢迎来到偏安一隅的 *南宋时期*

> 快看,果然没叫我失望!那个于灯下舞剑的帅大叔想必就是辛老师了!"醉里挑灯看剑",原来是这样悲壮又动人的画面。

> 来者何人?啊,看三位奇装异服、风尘仆仆,必是远道而来的异域客人。

没错,我们是来自21世纪的师徒三人,穿越时光专程来拜访稼轩先生。我们读了您的作品非常感动,想借您的词作来讲一堂有关写作技巧的作文课。不知您有没有兴趣参加?

几百年后还有人在读老夫的作品,真是荣幸之至。

同学们,我们刚才讲解了《青玉案·元夕》,回忆上阕内容,谁能说一下词人调动了哪些感官来描写元宵之夜的热闹场景?

有视觉,灿烂的花灯、礼花、明月等;有听觉,悠扬的凤箫声;有嗅觉,飘香的街道……

总结得非常好。那么《破阵子·为陈同甫赋壮词以寄之》中,词人结合了哪几种感官,使得自己的描写更加生动呢?

"挑灯看剑"算是视觉;"吹角连营""塞外声""弓如霹雳弦惊"都可以算作听觉……

大家对这些诗词了然于胸,竟惹得老夫老泪纵横了。

稼轩先生,我们不但熟记您的诗词,还能用它们来指导写作呢!在我们的时代,大家写的是白话文,在他们这个年纪,写记叙文比较多。我们今天要讲的就是关于记叙文的写作技巧。记叙文中的描写大家很熟悉,但同学们往往写得比较平淡。那么怎样改善描写手法,使文字生动形象起来呢?这两首稼轩词就提供了很好的示范。

难不成就是我们刚才提到的"感官写作"?

正解!今天的课堂主题就是记叙文的描写大招——"身临其境"写作法。所谓身临其境,就是指多感官描写。从视觉、听觉、嗅觉、味觉、触觉等进行描写,让读者在阅读时身临其境,如见其人,如闻其声,增强作品的表现力。

> 除了刚刚这两首词，老师能不能再给我们举一下现代文的例子？

没问题。比如鲁迅先生的《社戏》，"两岸的豆麦和河底的水草所发散出来的清香夹杂在水汽中扑面吹来，月色便朦胧在这水汽里"。"豆麦""水草""月色"是视觉看到的；"清香"是嗅觉闻到的；"扑面"是面部触觉感知的。我再给你们拓展一下相关知识。如果只有视觉和听觉描写，我们称这种技法为视听结合。如果五官功能感觉到的效果互相转化、彼此沟通，把某种感官上的感觉移到另一种感官上，就是通感，也叫移觉。朱自清先生的《荷塘月色》中有两句话：一句是"微风过处，送来缕缕清香，仿佛远处高楼上渺茫的歌声似的"，这是嗅觉与听觉通感；另一句"塘中的月色并不均匀；但光与影有着和谐的旋律，如梵婀铃上奏着的名曲"，这是视觉与听觉交融。

> 大师就是大师！不过要我把各个感官都调动起来去描写，还是有点难！

> 老夫以为未必要将所有器官都调动起来。

237

先生说得极是。实际写作时，可以选择两三种感官进行描写，无须机械性地强行把五感都写到。当然，若同学们有信心将五感处理得当一个不落，当然更好啦！下面，我们就来看看如何运用多重感官进行身临其境式的描写吧！

视觉，同时运用了比喻的修辞手法。

寨子周边的水田栽着水稻，插秧季时，这里有一株株绿油油的禾苗，如同泛着绿光的浪花。

这时候，会有很多家长带着孩子来到这里，体验插秧的乐趣。春季天气还不是很热，水和泥土都凉丝丝的，

触觉，描写了水和泥土的触感。

嗅觉。

大家走入稻田，嗅着泥土与青草的味道，

味觉。

沐浴着阳光进行劳作。休息的时候吃着自带的水和零食，一起说说笑笑。劳动后的食物总是格外香甜，

听觉。

一阵阵欢笑声在田间飘荡。

这段文字结合多种感官,描写了春季家长带孩子体验劳作的场景,我都觉得自己也是其中的一分子啦!

身临其境,果然厉害。

后生可畏啊!看着你们这么用心学习写作,老夫倍感欣慰!忍不住赠你们一句:"人间岁月堂堂去。劝君快上青云路!"❶

多谢稼轩先生的肺腑赠言。正是因为有太多像您这样的前辈,给我们后人留下了丰富灿烂的作品,激励我们用文字励志,用文字抒怀,用文字成就自己。

注释

❶ 译文:光阴匆匆而去,劝君早立高志,登程前行。出自辛弃疾《菩萨蛮·送曹君之庄所》。

> 未承想老夫一生为收复中原努力，留给后辈的却是我的诗词。

> 不光您的诗词流传后世，您的爱国精神也感染了一代又一代人。我们都会以您为榜样，作为前行的动力的……

> "悲莫悲生离别,乐莫乐新相识。"[1] 有幸和几百年后的学子结成忘年之交，老夫这一生也相当值得了。

> 临别前，我要给小学子们留个课后作业：自选一个印象深刻的场景或环境，根据本课所学"身临其境"写作法，具体生动地将它描写出来吧！

注释

[1] 译文：最悲伤的是生离死别的苦楚，最快乐的认识新的知心朋友。出自辛弃疾《水调歌头·壬子三山被召陈端仁给事饮饯席上作》。

大家要加油啊,我们有缘再见!

稼轩先生,请留步!后会有期!

后会有期!

妙笔生花绘文章

欣赏过稼轩先生灯下舞剑的身姿,与先生探讨了写文章的要领,同学们想必对"身临其境"有了更深刻的理解吧!那么接下来,我们就一起来赏析一下如何"身临其境"地描写节日氛围的吧!

【习作要求】

我国有许多传统节日,春节、清明、端午、中秋……请挑选一个节日,结合所学诗歌,合理运用本章所学的"身临其境"写作法,创作一篇600字左右的文章。要求符合题意,中心突出,内容充实,语言顺畅,没有语病,结构完整,条理清楚。

【行文框架】

为使大家能够更好地理解和赏析文章,大施老师对段落结构进行了拆分,通过思维导图让大家更清楚地了解一篇文章的结构和内容,一起跟着老师来分析一下吧!

元宵之夜

开头
- 内容：总写元宵佳节氛围
- 作用：引发读者阅读兴趣

正文 第一段
- 内容：描写逛庙会的场景
- 技法：身临其境，引用诗句
- 作用：通过描写听觉、嗅觉、视觉、味觉等感受，再引用辛弃疾的诗句，描写场景生动，富有感染力

正文 第二段
- 内容：放花灯猜灯谜
- 作用：转换场景，丰富元宵之夜的主题

结尾
- 内容：赞美元宵节，献上祝福
- 作用：表达我对元宵节的喜爱之情，升华主题

【范文赏析】

元宵之夜

元宵节，是我最期待的传统节日之一。春节的庆祝余韵还未散去，就又迎来了元宵。那天夜幕降临得格外迅速，明月高悬，万家灯火。走在街上，到处可见盛装出席的人群。街头巷尾，灯笼高挂，五彩斑斓的灯光交相辉映。火红的灯笼上写着吉祥的寓意，每一盏灯笼都像是一个小小的祝福，带给人们温暖和喜悦。我仿佛置身一个童话世界，心里充满了激动和期待。

走在熙熙攘攘的街头，欢声笑语传入耳畔，人们载歌载舞，热闹非凡。烟花爆竹声此起彼伏，响彻整个夜空，象征着辞旧迎新、驱邪祈福的美好意愿。孩子们手持小灯笼，跳着欢快的舞蹈，欢呼雀跃，童心荡漾。他们的笑声如银铃般清脆，让这个夜晚更加美妙动人。犹如百年前辛弃疾在《青玉案·元夕》中所描述的那样热闹非凡："宝马雕车香满路，凤箫声动，玉壶光转，一夜鱼龙舞。"街边摊位上摆满了各种美食，五香元宵、花生糖、糖葫芦等，香气四溢，令人垂涎欲滴。人们争相购买，品味着节日的甜蜜滋味。同时，传统的汤圆也是元宵节必不可少的美食之一，

小窍门：开头总写元宵佳节的欢乐氛围，可以一下子吸引到读者哦！

小贴士：运用"身临其境"写作法调动听觉、视觉等营造热闹氛围，引用辛弃疾的诗词使文章更有文采哦！

一家人围坐一起，品尝着汤圆的甜美，分享着团圆的幸福。

夜幕降临，人们手持明灯，走进公园，共赏花灯之美。灯会上，各种灯组争奇斗艳，让人目不暇接：有形态各异的动物，有寓意吉祥的花鸟人物，还有展示传统文化和历史场景的花灯。最有趣的是猜灯谜环节，谁能猜出灯谜，谁能让手中的灯笼放飞到最高的天空，谁能让自己的心愿得以实现……每个人的心中都充满着激动和期待。灯光闪烁，湖面倒映着浮动的灯影，水汽弥漫着，朦胧中闪着人们的期待和祝福……

元宵节的夜晚，美好而神奇。人们在这里尽情释放自己的愿望和梦想，享受着团圆和幸福的时刻。而我，也沉浸在这场盛大节日的气氛中，感受着欢乐和祝福。每一年的元宵夜，我都期待着这样的场景重现，那种美好的感觉将永远留在我心中。愿这份美好和幸福伴随着我们，直到永远。

太棒啦！同学们跟着大施老师赏析完这篇范文，见识到"身临其境"写作法对场景描写的厉害之处了吧！那就要在之后写文章时好好利用起来哦！